# デボラ、眠っているのか？

Deborah, Are You Sleeping?

森 博嗣



講談社
タイガ

イラスト——引地 渉
デザイン——鈴木久美

目次

*Deborah, Are You Sleeping?*

*by*

*MORI Hiroshi*

*2016*

# デボラ、眠っているのか？

彼は磁石を手の中へ包みこんで、自分のほうへ向けてそれを*クルクル*回したが、そのときそれが瞬間的な幻想の中へ落ちこんだのには気づかなかった。その幻想の中で彼のあらゆる意識は、へびのような運動の終点であり、針が指し示しているものへ集中していた。それは混乱した不安定な、しかし奇妙に力強い映像で、〝南〟という概念に要約されるものだった。その概念には内に潜む魔力と催眠術的な力がこもっていて、それは何か怪しい杯から出る頭をしびれさせる蒸気のように、彼の両手の中にある真鍮の鉢から外に発散していた。

（The Drowned World / J. G. Ballard）

## 登場人物

ハギリ――――研究者
ウグイ――――局員
アネバネ――――局員
シモダ――――局長
マナミ――――助手
タナカ――――研究者
ヴォッシュ――――科学者
ペィシェンス――――助手
カンマパ――――区長
シマモト――――研究者
ドレクスラ――――所長
サリノ――――少女
アミラ――――人工知能
ベルベット――――コンピュータ
ペラン――――高官

# プロローグ

「デボラ、眠っているの？」

「え、何？」僕は振り返って、その声の主を捜した。

二メートルほど離れたところに、ウグイが立っていた。僕と同じ速度で同じ方向へ歩いていたはずだが、僕が振り返ったので、そこで立ち止まったようだ。きっと、三メートルほどの間隔を維持して歩いていたのだろう。並んで歩くようなことは滅多《めった》にない。ウグイは無言で首を傾《かし》げた。

ニュークリアの正面玄関の手前だった。ニュークリアが何の施設か知らない人間は、この近辺には存在しない。制服のガードマンが四人立っている。ほかにも何人かが歩いていたし、ベンチに腰掛けている者もいるが、全員がここでなんらかの仕事をしている人たちだろう。ただ、僕から十メートル以内にいるのは、ウグイ一人だった。普通に話す声が届く範囲には、ほかに誰もいない。

近い声だった。明らかに女性の声だ。若い感じで、ウグイが言ったのだと思ってしまった。しかし、それは違う。ウグイの声ではない。僅《わず》かに掠《かす》れていて、やや舌足らずで、幼いしゃべり方だった。

「どうかしましたか?」ウグイが半分ほどまで距離を縮めて尋《たず》ねた。サングラスをかけているので瞳は見えない。彼女の口調は歯切れが良《よ》いし、馴《な》れ馴《な》れしい言葉遣いではない。僕に対しては、敬語を使う。

「誰かが、近くでしゃべったんだ」僕は言った。「こういうの、何とかって言うね」

「空耳《そらみみ》でしょうか?」

「あ、そうそう。空耳だ。緑の大きい豆は?」

「空豆」

「優秀だね」

「先生も、大きな問題はなさそうですね」

「そうでもない……」僕は深呼吸をして、今一度周囲をぐるりと見回した。平面的ではなく、高いところへも視線を向けた。

最近は、研究に没頭している。新しいテーマを突然思いつき、そのためのデータを集めつつ、どのようにしてその仮説を立証すれば良いのか、と頭を捻《ひね》っている。ずっと地下の研究室に籠《こも》っているため、たまに外気を吸いたいと感じる。室内よりも空気は悪いに決まっているのだが、何故《なぜ》か屋外に憧《あこが》れる。理由は不明だ。太陽がしっかりと見えることなど、この頃では滅多になく、だいたいはどんよりとした空しかない。それでも、外に出たくなるものだ。気分転換という意味のわからない古い言葉があるが、おそらくそれだと思われる。

このように意味もなく外に出るのは、三日に一度くらいだろう。例外なく、ウグイかアネバネが僕をガードすることになっている。二人ともニュークリアの一角を成す情報局の職員で、もう少し具体的にいえば、僕の護衛を務める公務員だ。ウグイは三メートル、アネバネは六メートルほど離れて歩くので、話をすることはない。特に、アネバネは近くにいたところで会話が生まれないから、むしろ離れていてくれた方が気が楽だ。奇妙な喩《たと》えかもしれないが、光源が低い場合にできる長い影のような存在といえる。アネバネに比較すれば、ウグイとは二言三言ならば話をすることがあって、少なからず親しみを感じている。僕が他者に親しみを感じるということが、かなり珍しいことなのは断っておきたい。もちろん、一人の方が良いと思うことの方が圧倒的に多い。

「誰かの声が聞こえた。空耳にしては、はっきりとしている。どこかから、指向性音声を送ったのかもしれない」僕はそう言いながら、周囲の遠くをもう一度確かめた。科学的に考えて、その技術でしか実現できない現象だ。

「私には聞こえませんでしたが」ウグイは言った。「何て言ったのですか?」

たしかに、離れたところから僕に向けて放った音声ならば、近くにいたウグイにも聞こえたはずだ。彼女の突き放したような物言いは、論理的だという点で無視できない。

「デボラ、眠っているの……、だったと思う」

「デボラ？　その名前に、お心当たりは？」

「うーん」僕は考えた。そこまではまだ考えていなかったからだ。「あ、そうだ、カンマパが、たしか、そんな名前だった」

「私は、それは認識していませんでした。確認しておきます」

カンマパというのは、チベットのナクチュ特区のリーダの女性である。メールをもらったときに、フルネームが書かれていた。自分の記憶を辿《たど》ったが、それ以外には心当たりがない。記憶については、補助チップを装備しているので、人間本来の記憶力よりは、いくらかアクセスが早くかつ正確なはずなのだが。

ウグイはなにも言わず、じっと僕を見ているようだった。視線がサングラスで遮《さえぎ》られていても、だいたいわかる。特に、これまでの彼女の行動から憶測できる。

しかたがないので、また前を向いて歩き始めた。二十分ほどかけて、近くをぐるりと歩いてきた帰りだった。これから建物の中に入って、また地下深くまで下りていくことになる。頭の中では既に、部屋に戻ったら何と何をするのかが整理されていた。仕事はだいたいやり掛けのまま、キリが悪いタイミングで中断するのが、僕の習慣である。何故なら、キリが良いなんてことは、十年に一度くらいしかないからだ。

入口に近づいたとき、僕たちよりも十メートルくらい前に、一見して部外者に見える人物がいた。後ろ姿だけだが、小柄の女性で、半袖《はんそで》に短いスカートだった。現在の気温は、摂氏五度か六度である。僕もウグイもコートを着ているし、もちろんヒータを装備している。

いつの間にか、ウグイが僕のすぐ横にいた。彼女は前方を見つめている。黙って、僕の方に片手を広げて見せた。静止するように、というジェスチャに思えた。

「どうしたの?」小声で囁《ささや》いた。

ウグイは答えない。緊張しているのがわかった。

彼女が見ているのは、入口の前にいるその女性だ。横を向いたときに、顔が少しだけ見えた。少女といっても良い若者だ。ガードマンが彼女に近づいて、なにか問《と》い質《ただ》そうとしたが、弾《はじ》き飛ばされるように後退し、尻餅《しりもち》をついた。

同時に、ほかの三人のガードマンも反応する。武器を向ける者もいた。

ウグイは、片手に拳銃《けんじゅう》を持っていた。どこから取り出したのかわからない。僕に姿勢を低くするように手で指示したあと、銃を両手で構え、入口の方へ銃口を向けようとした。

ガードマンの三人が、呻《うめ》き声を上げて踞《うずくま》る。

「止まりなさい!」ウグイが叫んだ。

銃を真《ま》っ直《す》ぐに少女に向けている。

少女が振り返った。それと同時に、ウグイの銃が上へ飛び、彼女も後方へ倒れ込む。僕の躰《からだ》にぶつかり、そのあと地面に背中を落とす。

「ウグイ！」僕は、彼女に飛びついた。

銃は、ずっと後ろに落ち、跳ねてから地面を滑《すべ》る。仰向けに倒れた彼女は、目を瞑《つぶ》っていた。サングラスも、どこかへ飛ばされたみたいだ。

「大丈夫か？」と頬《ほお》に触ってきいたが、まったく動かない。呼吸が止まっているようだ。

入口を振り返った。既に少女の姿はそこにはない。建物の中に入ったらしい。ドアも壁も透明なのだが、光が反射して内部は見えなかった。

かけていたメガネで、非常連絡をした。至急手当てが必要だろう。ところが、そこでウグイが動いた。彼女の顔を見ると、目を開ける。

「ああ、良かった……。大丈夫？」

「敵は？」彼女はきいた。

「建物の中に入ったようだ」

ウグイは顔を上げ、膝《ひざ》を立てて起き上がった。頭を振っている。

「怪我《けが》は？」

「わかりません。でも、ええ、大丈夫みたいです」彼女は、自分の武器を見つけて、それを拾いにいった。同時に、顳顬《こめかみ》に指を当て、早口で呟《つぶや》いた。「非常、非常、不審者が正面玄関から侵入しました。武器を持っています。少女に見えます。守衛も排除されました。緊急配備を」

銃声も叫び声も聞こえない。入口周辺に人が集まり、ガードマンたちの様子を見ているようだが、彼らも既に起き上がろうとしていた。

「今のは何？　レーザではないね。衝撃波かな？」

ウグイは片手に持っていた銃を持ち替えてから、僕の方へ差し出した。触ってみると冷たい、普通の温度だった。

「電磁波の一種かと思ったけれど、違うようだね。熱くなっていない」僕はそう言って、銃を彼女に返した。「どうする？」

「私の任務は、先生を守ることです」

「じゃあ、中に入らない方が良い」僕は言った。「ここにいた方が安全だ」

「はい」ウグイは頷《うなず》く。

彼女は、入口から離れる方向へ僕を導いた。その間も、ずっと誰かと話をしていた。ベンチに腰掛けてから、彼女は中の様子を説明してくれた。

「正面ロビィを突破して、地下へ下りていったようです」

「あれは、ウォーカロンかな」僕は言った。

「動きが機敏で、普通ではありません。人間である確率は低いと思います。手には武器を持っていないように見えました。それで、先制を躊躇《ためら》いました。撃つべきでした」

「撃たない方が良い」

僕のメガネにも警報が届いた。武器を持った侵入者が建物に入ったため、警備隊がこれを排除するために出動している。各自自室から出ないように。そんな内容である。

ウグイには、少女の短い動画が届いていた。エスカレータの途中から横に飛び降りて、ホールを駆け抜ける様子を捉《とら》えている。警備隊が十人以上シールドを構えて並んでいたが、そこを飛び越えて通路へ消えていった。ウグイは、その動画を僕のメガネに転送してくれた。

「凄《すご》いなあ。今のは、地下三階かな？」

「そのようです。まもなく、アネバネが来ます」ウグイが言った。

「え、どうして？」

「先生の護衛につきます」

「君は？」

「いえ、私もです。ただ、一人では心許《こころもと》ないので、応援を呼びました」

珍しいことだが、さすがのウグイも、一撃で倒されたのだから、弱気になったとしても不思議ではない。

「私を襲うために来たんじゃないよ」

「わかりません。外にいらっしゃるとは思っていないのではないでしょうか」

「いや、私の顔を見た。認識できたはずだ」

「爆発物を持っていないことを祈るしかありません」ウグイは心配そうだった。

三分ほどで、アネバネが入口から飛び出してきた。僕たちのところへ真っ直ぐに走ってくる。そんなに急ぐ必要はないだろう、と思えたけれど、五メートルほど手前で立ち止まって、軽く頭を下げた。トレーニングスーツのようなものを着ていて、手ぶらだった。周囲を軽く見渡したあと、近づいていったウグイと小声で話し合っている。アネバネは、侵入者を見ていない、と話した。

ウグイが心配した事態には、幸い至らなかった。五分ほど経過したところで、非常信号は解除された。ウグイが確認を取ったところ、侵入者は拘束され、爆発物などの危険がないことも確かめられた、とのことだった。

「何だったんだろう」僕は呟いた。

「わかりません」ウグイは答える。

建物の外へ、警備隊が二十人ほど出てきて、周囲を調べようとしている。さらなる攻撃があるかもしれない、という警戒だろう。

となると、中に入った方が安全そうだ、と急に感じた。僕たち三人は建物の中に入った。内部にもまだ警備の人間が多く、物々しい雰囲気だった。しかし、破壊されたようなものは見当たらないし、また怪我をして倒れた者もいないようだ。外にいたガードマン四人も、そしてウグイも血を流すような外傷を負っていない。よくわからないが、電気ショックのような武器だったのではないか、と僕は考えた。つまり、彼女の拳銃を弾き飛ばしたのは、彼女自身の腕力だった。電気的なショックを受けて筋肉が収縮した、ということだ。呼吸が短時間だが止まる症状も似ている。

エレベータに三人だけで乗った。ウグイは既に銃をどこかへ納めている。小さな銃なので、どこに隠したのかわからない。彼女の手を見せてもらったが、怪我の跡はない。

そのまま、局長のシモダの部屋へ向かった。

ちょうど、タナカがそこにいた。シモダと二人でモニタを見ているようだった。

「先生、ちょうど良い」シモダは僕の顔を見て手招きし、ソファに座るように促《うなが》した。ウグイとアネバネは部屋に入ってこなかった。挨拶《あいさつ》だけしてウグイがドアを閉めた。

「ウグイ」僕は、彼女を呼んだ。

再びドアが開いて、彼女が顔を出した。「何でしょうか?」

「検査をしてもらうように」

「何のですか?」

「医者に行け、という意味だよ」

「ああ……。はい」彼女は頷き、顔を引っ込める。ドアが閉まった。

「怪我でもしたのですか？」シモダがきいた。

「ええ、外にいたんですが……。その映像はありませんか？」

「それは、まだ来ていませんね」シモダは答えた。

少女が建物に入ってからの映像が、テーブルの上に浮かび上がっていた。タナカは僕の隣に座ってそれを見ている。シモダはテーブルの反対側にいるが、見ているものは同じだ。

受付係の制止を無視し、自動的に閉まったゲートを飛び越えて、走り抜ける。次のシーンは下りのエスカレータを駆け下りるところで、既に乗っていた数名の横を通り抜ける。地下のフロアになり、警備隊が隊列を組んでいたが、少女はそのまま前進する。警備員たちが武器を向けると、ショックを受けたように銃が弾き飛ばされる。次々と隊員が倒れる。

「そう、外でもこれと同じでした。ウグイがやられました。で、どうなったんですか？捕まえることができたのですか？」僕は尋ねた。

「まあ、これを見て下さい」シモダは答えない。

数々のカメラが少女を捉えていて、アップもある。機敏に視線が方々へ向けられる。それは、とても人間の目とは思えない。

「目が、赤いですね」僕は呟いた。外で見たときには、気づかなかった。「何だろう、これは……」

「赤外線を照射しているんです」タナカが答えた。眉《まゆ》を顰《ひそ》め、難しい顔をしている。彼にしては珍しい表情だった。「赤外線は赤くはありませんけれど、近い周波数の光が僅かに漏《も》れ出るためです」

「目から光を出して、どうするんですか？」

「サーチライトみたいなものですね。いわゆる、レーダと同じです」

「ああ、そういう意味ですか」

タナカが話しているのは、赤外線を発し、その反射光を検出することで物体の存在を感知するシステムのことだ。

「ウォーカロンの中でも、ごく一部ですが、そういった目を持っているタイプがいます。暗所の作業に適します」

「目の動きが速かったように思いましたが」

「ええ。左右の目が、別々に動きます。左右で違うところを見ることができます」タナカは続ける。「数十の相手を同時に処理できます。相手が機械類であれば、その処理を上回る演算で、そこへ介入します。ネットを通しているため、僅かなタイムラグが生じますが、ほとんどの武器には、安全確認をしたり、権限者の承諾を得る処理が付《つ》き纏《まと》いますから、それに比べれば、はるかに早い。先手が打てます」

「タナカさん、詳しいですね。どうして、そんなことをご存じなのですか?」僕は映像を見ながら尋ねた。ちょうど、少女がエレベータから出てくる場面だった。地下九階のようだ。

「私がイシカワにいるときに、開発したものです」

「え? この少女をですか?」

「いえ、そのときは、少女ではなくて、当時の適用例はロボットでした。秘密裏《ひみつり》にある国から依頼されたものです」

「もしかして、兵器ですか?」

「兵器です。治安のために用いられると聞きましたけれど、そんな理由を本気にする者はいませんでしたね」

タナカは、十年まえまでウォーカロン・メーカであるイシカワの研究員だった。そこを抜け出し、チベットの奥地で生活をしていたが、つい最近、日本へ移住した。今は、情報局が保護している。

「そのロボットと、この少女が同じものだと、どうしてわかったのですか?」

「うーん、えっと……、同じものではありません。ハギリ先生は、誤解されているようです」

「あ、すみません」

「私が研究で関わったのは、あの少女、あるいはロボットのハードではありません。ハードは、この場合、その、単なるメディア、媒体にすぎません。本体は、コードであって、つまり、プログラムです。今、ここで映像を見せてもらって、思い出したというわけです。たぶん、まちがいありません」タナカは、シモダの方を見た。

「ということは、タナカ先生のところへ来た、ということでしょうか？」シモダは鋭い視線でタナカを見据《みす》えた。

「それは……、わかりませんが、まあ、そうですね、私を殺しにきたのかもしれませんね」タナカは肩を竦《すく》め、少し笑った。「うーん、どうかな……、それにしては、中途半端でしたね。それに、私に、殺されるような価値があるとは思えないし」

シモダは、僕の方へ視線を向けた。

「では、ハギリ先生ですか？」

「え？　何ですか」僕はきき返してしまった。「ああ……、私を殺しにきたということですか？　いいえ、それはないと思いますよ」

タナカも僕も、希望的観測で述べたわけではない。殺すなら、もっと的確な方法がほかにいくらでもあるだろう、という理屈を持っていたからだ。

# 第1章　夢の人々　Dreaming people

それから上衣のポケットの中で、磁石の重い円盤がズシリと下へ引くのを感じた。ちょっとの間、彼は考え込むようにそれを覗きこんだ。

「気をつけろよ、ケランズ」彼は自分自身につぶやいた。「おまえは二つの世界に生きているぞ」

## 1

ニュークリアに侵入した少女は、地下二十三階で拘束された。そこに至るまでの映像を見ると、自身に向けられたあらゆる威嚇《いかく》を瞬時に排除し、逆に、警備隊はまったく機能を果たせなかったのがわかる。それなのに、少女は、最後は通路の途中で膝を折り、そのまま俯《うつぶ》せに倒れてしまった。警備隊が取り囲み、慎重に近づいた。

少女はしばらくして起き上がったが、その後は周囲と会話をし、抵抗もしなかった。危険回避という理由に彼女は同意し、手足を拘束された。そのうえで、現在は取り調べを受けている。取り調べ中の映像も一部だが届いている。僕たちがいるよりも二十フロアほど上にいるらしい。タナカを目指して侵入したとしたら、半分ほどの深さで諦《あきら》めたことになる。

ウォーカロンの少女は日本人で、年齢は十六歳、どうして自分がここにいるのかわからない、と話しているようだった。

タナカが、「兵器」と言ったことで、シモダはさらに詳しい説明を求めた。ハードではなくソフトだという点も、簡単には納得できなかっただろう。当然ながら、僕もそこが知りたかった。少なくとも映像を見たかぎりでは、少女自身が戦闘型のウォーカロンとは思えない。たしかに、赤い目は特殊ではあるが、このオプションは、人間であっても装備が可能だ。彼女には、目立った武器の所持も認められない。警備隊を排除した能力は、いったいどういったものなのか。

「デボラといいます。それが、兵器の開発コード名です」タナカは説明した。「私が関わったときには、既に実戦を想定した試験が行える段階でした。その十年以上まえからのプロジェクトだったと聞いています。また、私は退社したので、プロジェクトのその後のことは知りません」

「イシカワには、警察か、あるいは政府から問い合わせることになりますね」シモダが言った。「イシカワのオリジナルのものですか？」

「いいえ、そんなことはないと思います」タナカは首を横にふった。「問い合わせても、きっとなにも情報は出てこないでしょうね。公開されているものはありません。さっきも言ったとおり、デボラの実体は、単なるコードです。ソフトなんです。あの少女がデボラではない。彼女は単なるメディアであって、既に抜け殻です。おそらく、地下深くなるにつれて、地上波や、一般の無線ネットが届かなくなったのでしょう。えっと、地下二十三階でしたよね、拘束されたのは」

「情報局関係のネットワークは、一般の無線システムではない」シモダが言った。「プロトコルも違います。独自のものです」

「ええ、ですから、あの少女の中にデボラは留まれなくなったのです。抜け出したというわけです」タナカが言った。「一般ネットワークが届かないエリアにいれば、少女は二度とあのような能力を持たない。しかし、地上へ連れていけば、また能力を得ます。危険な行動に出る可能性があります」

「どんな能力なのですか?」僕は質問した。タナカの話から既に幾つかの可能性を想像していたが、その方面の知識に疎《うと》いこともあって、細部の手法が具体的にわからなかった。シモダは、その点をわかっているのだろうか、と考えて彼の顔を見たが、いつものポーカフェイスで、いずれとも取れない。

「私も、ハードに依存するような細かいところまで把握《はあく》しているのではありませんが、ネットワークを介して、あらゆる制御系に高速でアクセスすることができます」タナカは説明した。「それによって、瞬時に相手の動きを察知して攻撃を避けることもできますし、相手の制御になんらかの誤信号を送り込んで混乱を与えることも可能です。ターゲットを絞り、その対象に固有のショートカット信号を探って、それを模擬発生させます。ですから、遠い距離のものではなく、あくまでも接近戦を得意とします。通信速度の関係から、そうなるわけです」

「何故、メディアが必要なのですか?」僕は尋ねた。

「ソフトだけでは、目的を達することができません。また、メディアを特定することで、その周辺状況が信号群として仮想的に設定されるのです」

「しかし、ネットを通じてあらゆる装置に介入できるならば、たとえば、監視カメラを使って目標を見定めて、敵の武器を使って撃つことも可能なのでは?」

「そのとおりです」タナカは頷いた。「しかし、通常の武器には安全装置があって、それを解除させるのに時間がかかります。具体的な物体としてのターゲットを送り込めば、これらが簡単にクリアされます。あの少女が侵入したことで、警備隊の武器は使用可の状態になったはずです。その瞬間に入り込めば、武器も自由になりますね。警備隊がロボットだったら、仲間を増やすことができます。でも、遠く離れた場所の強力な武器になると、そんな簡単に侵入はできません」

「なるほど、エマージェンシィ・モードを逆利用するわけですね」僕は頷いた。「ところで、あの女の子は、ウォーカロンですよね。年齢からして新しいタイプだと思いますが、メカニカルでないものにも、侵入ができるのですか？」

「わかりませんが、ウォーカロンならば、おそらく可能です」タナカは自分の頭を指さした。「無機か有機かという問題ではなく、信号系なのです。なんらかの方法で外部とのやり取りをするシステムで、その信号系が適用範囲であれば、そこに入り込むことが可能です」

「では、ウォーカロンでなくても？」僕はきいた。

「もちろんです。人間であっても、そういった機能を体内に装備していれば、そこを狙《ねら》われます」

「ここの警備隊は、全員が人間です」シモダが言った。「しかし、例外なく通信が可能なチップを装備しています」

ウグイがそうだ。彼女の目は人工のものだし、通信チップを装備している。しかし、彼女はウォーカロンではない。

「誰が、これを仕掛けたのでしょう？」シモダは両手の指を組んで、じっとタナカを見据えた。

「私が知っている知識は、今お話しした程度までです」タナカは答える。「ずっと以前のことなので、今はさらに強力なものになっているはずです」

シモダは黙っていた。僕は彼にきいてみることにした。

「局長は、今の話、ご存じでしたか？　その兵器についてですが……」

「ええ」シモダは無表情で小さく頷いた。「開発されているという情報は得ています。日本では、そのタイプの攻撃を防ぐための研究が数年まえから行われています。実際に、このように使われた例は世界でもないと思いますね。少なくとも、記録にはないはずです。もともと、そういったタイプの兵器は、五十年もまえからいろいろな形で提案され、試されてきました。ルーツはサイバ・テロにあります。ただ、それらと大きく異なるのは、なんらかのウィルスか、あるいはチップの一部の回路か、とにかくその侵入者に応答するルーチン的なパーツが、既にほとんどのメカニズムに内蔵されている、という点です。それがどこなのかは、残念ながらわかっていません」

その説明を聞いて、僕はマガタ・シキ博士のことを連想していた。世の中に普及しているほとんどの機械類には必ずCPUが搭載されている。そのチップは、百年以上まえから存在する回路を受け継ぐ形で発展している。あまりにも複雑になりすぎ、すべての回路を詳細に把握することは難しい。生き物の細胞のデザインが遺伝子情報として受け継がれるように、機械も多くの部分は過去のストラクチャの上に築かれているのだ。

二百年以上まえのコンピュータ・サイエンスの萌芽期《ほうがき》に、マガタ・シキ博士は世界に支配的な役割を果たしている。彼女の構築したストラクチャは、その先見性と合理性によってその後の人類の文明を支えた。優れていたからこそ、それらは残った。自然淘汰《しぜんとうた》によって選ばれた種となったのだ。したがって、現在のチップはすべて、彼女が仕組んだ機能を保持している。それらのうち、普段は表に出ない部分もある。しかし、いずれなんらかの刺激で目を覚まし、責務を果たす。そのすべてを、彼女は最初から計算していたのである。

その後、三人で別のフロアへ移動した。拘束されている少女を見にいくためだ。彼女は、診察台の上で眠っていた。現在も両手首と両足が拘束具で固定されていた。医師とも普通に会話ができたそうだ。疲労感を訴えていて、検査のあとすぐに眠ってしまったらしい。シモダは、しばらくは地上へ出すわけにもいかない、万が一のことがある、と医師に話した。

少女と話をした医師は、彼女が、この建物に入ったことをすべて覚えていた、と語った。つまり、一連の行動について認識しているのだ。ただ、夢を見ているのだろう、と思ったという。夢から覚めたら、知らない場所にいるので驚いた、今も夢なのではないか、と話したらしい。

途中で、ウグイが部屋に入ってきた。無言で僕たちに頭を下げた。ガラス越しに診察台の少女を見つめた。自分に危害を加えた相手を、もう一度見たかったのだろう。

医師は、最後にこう話した。

「デボラと名乗る人物が、自分の中にいて、その人の言うとおりに動いた。自分はただ見ていることしかできない。そういう夢をよく見るそうです。今日が初めてのことではないと話しています」医師はそう言うと、軽く頭を下げて隣の部屋へ戻っていった。少女の脳波なども測定しているのがわかった。ガラス越しに見える機器が、僕には馴染《なじ》みのものだったからだ。

タナカとシモダは、これから会議があるらしく、時計を見たあと立ち去った。今回の件で話し合われるものだろうか。

ガラスの前に立っていたウグイがこちらへやってきた。

「検査はどうだった？」僕は彼女に尋ねた。

「なにも異常はありません。先生は、いかがですか？」

「え？　私はべつに……」

「デボラと呼びかける声を聞いた、とおっしゃいました。あの少女と無関係とは思えません」

それは、僕も気づいていたことだ。

「そうだね、偶然ではないかな」僕は頷いた。あとで情報を集め、ゆっくり考えようと思っていたことだった。

「検査室へ行きましょう」そう言うと、ウグイはにこりともしないで、僕の腕を摑《つか》んだ。

## 2

「べつに異常はないよ」ウグイに引っ張られて通路を歩いている。すれ違う職員が、じろじろとこちらを見るので恥ずかしかった。「それに、えっと、三時間まえに、診察を受けたばかりだ」

「え、何の診察ですか?」ウグイは立ち止まった。「どこかお悪いのですか?」

「いや……、その、あまり言いたくはないな」

「おききするのが、私の任務です」

「べつに、隠すつもりはないけれど、その、これでもいろいろストレスがあってね。ここへ来た当初からだね。眠れなくなって、通ったこともあった」

「それは知りませんでした。酷《ひど》いのですか?」

「いや、軽い。その、不眠はもう治った」

「初めて聞きました」今の彼女はサングラスをかけていない。目が大きくなって、珍しく驚いている表情だった。少々オーバな反応ではないかと思えるほどだ。

「ストレスなんか溜《た》める繊細な精神だとは思えなかっただろう?」

「はい」ウグイは頷く。

「そういうのが、ジャブのように効くんだ」

「ジャブ？　ああ、ボクシングのことですか」

「意外に繊細なんだ」

「誰がですか？」

「私が」

「意外です」

「わざと言っているだろう、それ」僕は微笑《ほほえ》んだが、ウグイはにこりともしなかった。今のジャブも効いたな、と思う。

医療エリアに到着し、受付カウンタの前まで引っ張られる。奥に、顔見知りの医師がいた。いつもカウンセリングを受けている彼女だ。僕の顔を見て立ち上がって、近づいてくる。

「どうしたの？　なにか悪いことでもしたの？」医師が尋ねる。ウグイの顔をちらりと見た。「わかった。なにか嫌味を言われたのね？」

「違います」ウグイは答える。「ハギリ先生の診察をされている医師におききしたいことがあります」ウグイは、自分の身分を相手に送ったようだ。

「担当者は、私ですよ。今、休憩中なんだけれど……。あ、わかった、職務に無関係な不当な要求を受けたのね？」

「違います。別室でお話を」ウグイが言った。

「深刻じゃないのぉ」医師は僕の顔を見てにやりとする。

一言も発言の機会は与えられず、三人で個室に入った。真っ白の壁に狭い床面積。ここにいるだけで鼓動《こどう》が速くなりそうだった。

「ハギリ先生の状態を伺《うかが》いたいのです。ストレスで不具合があったと聞きました」ウグイが早口で言った。「どのような症状ですか?」

「それは……」医師は、僕の顔を横目で見てから答える。「プライベートなことだから、本人の承諾《しょうだく》がないと話せませんよ。ねえ、どうなんです? ハギリ先生」

「なんとも言えませんね」僕は答える。

「以前は、不眠でしたね。軽い薬を出しました。それは解消したのか、こちらへ来られなくなりましたが、二週間ほどまえから、三回かな、またいらっしゃるようになったんですよ」

「どんな不具合ですか?」

「ですから、それは……」

「空耳ですか?」ウグイがきいた。

「空耳? いいえ、違いますよ。ハギリ先生、話しますよ。このお嬢さんは、貴方《あなた》の部下ですか?」

「違います」僕は返事をする。

「私は、先生を護衛する任務についています。その任務の遂行において知っておくべき情報であると考えたので、おききしているのです。必要であれば、上司から情報開示命令書をもらってきます」

「まあ、きっちりしているのね」医師は微笑んだ。

「そうなんです」僕は頷いた。

「何ですか、きっちりって」ウグイがこちらを向いた。

「ちょっきりとか、ぴったりとか、そんな感じじゃないかな。隙間《すきま》がない、遊びがない、みたいな」

「話しますよ、先生」医師がまた言った。話したいようだ。その気迫に負けて、しかたなく頷いた。

「変な夢を見るって言ってきたんです」医師はそこで溜息《ためいき》をついた。「夢ごときで、来られたんじゃあ、少々迷惑なんですよ、正直に申し上げて」

その正直な感想は、直接三度も聞いている。僕は我慢して黙っていた。

「夢の内容を克明《こくめい》に聞かされて、どう思います？　って尋ねられるの。たぶん、話し相手が欲しいんじゃないかしら。少しは、先生の相手をしてあげてね」

「いささか事実誤認があると思います」僕は発言した。「人に話をしたくてここへ来たのではありません」

「あら、そうなの?」医師は目を丸くする。「私に好意を寄せているのかと思ったけれどぉ」

「違います」僕は即答した。「いえ、気を悪くしないで下さいね。先生のことを嫌っているわけではありません。ただ、自分で解決ができそうにないので、専門家の意見を求めただけです」

「理屈っぽいのよね」医師は眉を顰める。これも、毎回何度か顰められる。

「どんな夢ですか?」ウグイはきいた。

「いや、それは言えない」僕は医師の先手を打って拒否した。

「どうしてですか?」ウグイがさらに尋ねる。

「それは……、その……」

「恥ずかしいからよ」医師が答える。

「恥ずかしくない範囲で答えられませんか?」ウグイが的確な質問をした。これが彼女の凄いところだ。

「うーん、まあ、簡単に言うと、よくわからない」僕は首をふった。「ただ、わからないんだけれど、筋が通っていて、恐ろしく鮮明で、まるで、その、自分でその現実を経験したような記憶が残る」

「夢というのは、普通そうではないでしょうか？」

「君は、そういうリアルな夢を見るの？」僕は逆に尋ねた。

「いいえ。あまり夢は見ません」ウグイは首をふる。

「私は、もともと夢をよく見る方なんだ」僕は、医師の顔をちらりと見てから、続けた。

「過去に経験したものが多い。研究上のこととか、会議とか、そんな仕事の夢をよく見る。ただ、それが……、最近のはそういうのと違っていて……。明らかに、違うんだ。だから、先生に相談にきた。なんらかの原因があると思えたからだよ。この判断は、研究者として下したものだ。客観的にそう判断した」

「ストレスでしょうね」医師は簡単に言う。

「どう違うのですか？」ウグイの質問の方が温かみが感じられた。

「うーん、簡単に言うと……」そう言いながら、僕は考える。

「簡単でけっこうです」ウグイが促した。

「つまり、明らかに自分ではない人物になっている夢なんだ」

「何故違うとわかるのですか？」ウグイがきく。こういう問答のときの彼女の頭の回転は素晴《すば》らしい。

「たとえば、性別が違うとか、年齢が違うとか、職業が違うとか」

「そうですか。たとえば、若い女性になった夢を見る、ということですね？」

「そう、たとえば、ならば、そういうことだね」

「白昼夢のようなものは?」

「あ、それ、先生にも質問されたよ」僕は、医師の顔を見た。なんともいえない大きな爬虫類《はちゅうるい》みたいな表情で僕を睨《にら》みつけている。自分が蠅《はえ》になったみたいな気分だ。「いや、白昼夢っていうのがどんなものか、よく知らないけれど、少なくとも、寝ていないときに見たことは一度もない。でも、うたた寝くらいだったら、あったと思う。つまり、白昼であっても、寝ていれば見る、という意味だけれど」

「さきほど、外を歩いているときに、女性の名を呼ぶ声が聞こえたとおっしゃいました」

「ああ、そうか、君は、あれを気にしているのか」僕は声を落として、ウグイに顔を近づけた。「それって、機密事項じゃないかな?」

「あのね……」医師が椅子《いす》にもたれて腕組みをした。「私がいなくても良さそうね。お二人でお話をされたら?」

「あ、すみません」僕は謝った。

「先生のストレスの原因が、だいたいわかりましたよ」医師は苦笑いみたいな顔になった。

「え、何ですか?」

「ですから、お二人でよく話し合ってね、コミュニケーションをよく取って、ね、解決されるのがよろしいと思うわ。では、お大事に……」

医師は素早く立ち上がり、部屋を出ていこうとする。人間とは思えないほど機嫌《きげん》がわるそうだ。

「待って下さい」ウグイも立ち上がった。「私は、先生の専門的なご意見を伺いたいと思ったので、ここへ来たのです」

「先生って、私のこと?」ドアの手前で医師が振り返った。「休憩時間なんですよ。貴女《あなた》もカウンセリングを受けたいの? ハギリ先生の症状は軽度です。治療の必要な状態には思えません。大丈夫です」

「でも、ストレスって……」

「貴女との関係を悩んでいらっしゃるのではないかしら?」

「私? 私との関係って何ですか?」

「知りませんよ、そんなこと」医師はむっとした表情になる。

「なにか、勘違《かんちが》いをされているのではありませんか?」ウグイの声が少し高くなった。

医師は部屋を出ていった。ドアの閉まり方が、平均的なものより強かったように思う。

ショックアブソーバが故障しているのではないか、と僕はそれを見てしまった。

「勘違いをしたようだ」僕は言った。

「失礼です」ウグイが言う。怒っている。口の形でそれは明らかだった。

「似ているね」

「誰がですか?」

医師とウグイが似ていると感じたのだが、黙っていることにした。こういうのは、何というのか、もきけなかったが、自力で思い出した。君子《くんし》危《あや》うきに近寄らず、だ。

## 3

洗練された文化的な大人の嗜《たしな》みとして、夢の話は棚に上げることにした。僕の研究室へ戻り、コーヒーを飲みながら、ウグイと一緒にまた少女のビデオを見た。タナカから聞いた話を彼女に説明したところ、そんなことが可能なのか、というのがウグイの感想だった。局長は知っていたが、局員は知らないレベルだということがわかった。

「私は、感電したと思いました」彼女は言った。

「感電した経験は?」

「ありません。でも、そんな感じです」

「夢の中で、高いところから落ちるとか、そういったときに受けるショックがある。外力はない。すべて自分の筋肉の緊張だ。金縛りとか、あるいは病気でそういった発作《ほっさ》を起こすものもある。呼吸困難になって、気を失ったりする」

「銃が弾き飛ばされたのは、私が自分で投げ上げた、ということですか?」

「そう……、たぶんね。だから銃が冷たかった」

「どうして、そんなことが……。信じられません」ウグイは溜息をついた。「機械類にも影響を与えたようです。非常シャッタは、彼女を通すために開きました。おそらく、カメラの何台かは、焦点が外れたり、横を向いてしまうものがあったそうです。おそらく、武器だと認識されて、誤動作するように強制されたものかと。それは、わかります。でも、人間まで思うように動かせるのは、驚異的です」

「ウォーカロンだったら、完全に乗っ取ってしまうことができるだろう。人間ではそこまではできない。神経細胞の隅々《すみずみ》にまで介入することが難しい。でも、発作くらいなら起こせるというわけだ。ある意味で、それだけ人間が機械に近づいているということだよ。たとえば、ナクチュの住人だったら、少女を簡単に取り押さえることができたはずだ」

「あ、ということは……」ウグイは片手を広げた。「タナカ博士ならば、デボラの攻撃は通用しなかったということですね?」

「彼は、まだ治療を受けていない。もうすぐらしいけれどね。でも、人工細胞のレベルまでは大丈夫だろう。もっと、電子的なチップだよ、問題なのは。ナチュラルな人間ならば、完全にオフラインだからね」

ウグイは、局員として共有するデータにアクセスができるので、あの少女の情報について教えてもらった。北海道《ほっかいどう》のスクールに在籍しているごく普通の少女で、もちろん前科などはない。スクールというのは、つまりウォーカロンの教育機関のことだ。二日まえから行方不明になり、捜索願が昨日出ていたそうだ。警察の捜索では、鉄道に乗って本州に渡ったところまでは確認されている。その後は、鉄道やバスあるいはコミュータなどを利用していない。最後にカメラが捉えた駅から、ニュークリアまでは六十キロほど距離があるが、少女は夜通し歩いてきたとしか考えられない。彼女自身が、ずっと歩き続ける夢を見たと証言している。簡単に計算して、約十五時間ほどかかっただろう。

「目が普通じゃない」僕はビデオを見ながら言った。「タナカさんの話では、左右の目を別々にコントロールすることができるそうだ」

「通常はしないけれど、ソフト的に可能だということなのですね?」ウグイがきいた。

「よくわからない。でも、もともと左右の目は別系列の筋肉で動いている。神経系も別だ。頭脳が解釈するときに一つの映像として処理されているだけだから、ハードとしては、普通の人間だって、その機能は備わっているんじゃないかな」僕は考えながら話している。どのような制御によってそれが可能なのか、そして、外部からそのコントロールの信号を割り込み処理させるコードはどんなものだろう。「とにかく、局長の話では、メディア側に、あらかじめその処理を受ける用意がなければならないらしい。なにもないところへ割り込むことはできない。もしそれが可能なら、たとえば人間が病気で発熱するみたいに、内部で混乱が起こる。たぶん、意識を失うだろうね」

「人間には、ネットの信号は直接届きません」ウグイは言った。「私が攻撃を受けたのは、私の通信チップを介してですか？　そのチップに、なんらかの問題があるということですね？」

「そう判断して良いと思う」

「先生は、なにかチップを入れられていますか？」

「メモリィを少々。でも、ネットワークとは無関係のはずだ」

「そういったものも、影響する可能性は？」

「ないと思うけれどね。ああ、君は、まだ空耳のことを根に持っているようだね」

「根に持っているわけではありません。ただ、デボラという名前が、偶然とは思えません。あの直後に、少女が現れました」

「エリザベスとかだったら、珍しくもないけれどね」

「比較的珍しい名前ですね、デボラというのは。調べたら、旧約聖書に登場する預言者だとありました」

「さすが、古典が専門だけのことはある」

「ヘブライ語で蜜蜂《みつばち》を意味します」

「小惑星にもあるね」

「それから、マガタ・シキ博士が開発した初期のシステムの名前です」

「え、本当に？」僕は驚いた。コーヒーカップに口をつけようとしていたが、カップをテーブルに戻した。「その資料を送って」

「はい。今、詳しいものを取り寄せています。二百年以上まえのものです」

「古典だね。ヴォッシュ博士にも相談しよう」

ドイツのハンス・ヴォッシュ博士からは、マガタ博士によって仕組まれたチップのコードに関して、古い資料を何年かまえから調べている、と聞いていた。今回のデボラに関係があるかもしれない。また、タナカにも、もう少し詳しい事情を聞きたいものだ、と思った。

「私とアネバネは、明日一日こちらにおりません。一人で散歩に出ないで下さい」ウグイは立ち上がり、ドアを開けたところでそう言った。

「ああ、フフシルへ行くんだね？」

彼女は頷き、部屋を出ていった。

タナカがチベットに残してきた十数名のウォーカロンだが、日本とチベットの政府間の交渉の結果、日本へ護送することになったようだ。もともとイシカワという日本のメーカで製造されたウォーカロンだったこともあるだろう。彼らは、タナカの指導のもと、自給自足の生活を送っていたのだが、子供を産むことができるウォーカロンである、という特殊な事情が万が一外部に知れると、大いに世間を騒がすことになるだろう。日本の政府が、その点をチベット政府に伝えたかどうかは疑わしい。ただ、僕はチベットの高官の一部にはその極秘情報がもたらされたと想像している。

タナカが日本に来てから、二週間になる。ナクチュの遺跡の調査は、第二段階に至っているが、新しい報告はまだ届いていない。一度だけ、調査チームの一員であるシマモトと話をしただけだ。冷凍保存された遺体の検死あるいは蘇生《そせい》のプロジェクトが始まったばかりらしい。検死については現地で行い、蘇生の可能性がある数体に限って、日本へ輸送することになるのではないか、と聞いている。

一方、チベットのウォーカロン・メーカＨＩＸの所長ドレクスラからは、二日まえにメールが届いていた。天文台で発見された巨大な顔の像の再始動のための電源施設が完成したので、再びスーパ・コンピュータを立ち上げた、という報告だった。映像などものちほど送る、とのことだった。

冷めたコーヒーを飲んだ。そこで、ふと気づく。二日まえにあのコンピュータが動いたのだ。そして、あの少女も二日まえにスクールを抜け出している。偶然だろうとは思う。ただ、あの巨大な顔の造形を思い出していた。黒髪でストレート。今、拘束されている少女も同じ黒髪でストレートだ。

何をしにきたのだろう？

ここニュークリアに侵入した目的は何だったのだろう？

入口をはじめ数箇所のゲートを突破し、多数の警備員を振り切って、地下へ地下へと向かった。この建物自体が地下構造物なので、そうなるのは不思議ではないが、どこが彼女の目的地だったのだろうか。深くなりすぎて、地上波か衛星の電波が届かなくなった。通常の建物ならば屋内でも無線のネットワークが構築されているが、情報局は特殊な施設であって、ネットが外部と遮断《しゃだん》されていた。セキュリティの観点から、ローカルネットは昔ながらの光ファイバを用いていたのだ。このため、デボラは少女を操れなくなった。

タナカは、デボラは自分を殺しにきたにしては中途半端だ、と話していた。ウグイが言ったとおり、デボラの能力はタナカには通用しないはず。となると、タナカを殺すには武器が必要だ。少女は何一つ持っていなかった。武器を持っていると、感知されて侵入ができないと考えたのか。もしかして、武器はなくても殺す方法があったのだろうか。そうか、武器は現地で調達できる、と考えたのかもしれない。否、タナカはデボラのことをよく知っていたから、自分が狙われた可能性を考えたのだろう。どうも、目的は別のものだったような気がする。

シモダからメッセージが届いた。少女が目を覚ましたので、見にきませんか、という誘いだった。

# 4

エレベータで上のフロアへ向かっている途中で、タナカが乗り込んできた。彼もシモダから呼ばれたようだ。

「危険はありませんか？」僕は尋ねた。

「ええ、ありません。既にデボラはあの子の中にはいません」タナカは答えた。奇妙な表現だな、と僕は感じた。「私が興味があるのは、デボラと少女がどの程度のコミュニケーションを取れていたのか、という点です」

「コミュニケーション？　会話をするということですか？」

「会話ではないかもしれませんが、なんらかのコンタクトがあるものと思います。イメージの共有かもしれない。記憶への干渉かもしれない」

エレベータが当該フロアに到着したので、二人で並んで通路を歩いた。

「フフシルへ、明日行かれるのですか？　ウグイさんたちが行くと聞きました」

「いえ、私は行きません。許可がおりませんでした」僕は答える。

「そうですね。危険は避けた方が良い」

「なにか危険が？」

「あ、いえ、ここに比べれば、という意味です」

ドアの前に到着し、僕はノブを握ったけれど、開けるまえにタナカに尋ねた。「ところで、天文台のスーパ・コンピュータが、二日まえに正式に稼働《かどう》したそうです」

「ああ、そうですか。このまえ映像は見させていただきました」タナカは答える。一度視線を逸《そ》らしたが、すぐにまた僕を見た。「そのコンピュータと、デボラが関係があるとお考えなのですか？」

「その可能性はありませんか？」

「うーん、どうかな……。デボラは基本的には、トランスファです。しかも一箇所ではない。大きな演算が必要なので、たしかに高速のシステムを好みますが、そこに本体がいるわけではない」

トランスファという言葉を初めて聞いたが、その兵器の一般名称だろうか。コンピュータ間を移動するもの、という意味だろう。

「デボラの本体は、今はどこにいるのでしょう？」

「わかりません。非活動的な期間は、分散して潜伏します」

「どんなふうに？」

「分裂を繰り返すんです。本体というものはありません」

「まだ、ちょっと、理解ができません」僕は首をふった。

ドアを開けて部屋の中に入った。シモダが大きなガラス窓の前に立っていた。ほかには誰もいない。その窓のむこうが少女がいる部屋で、彼女は診察台で横になっている。横になっているというよりは、起き上がれないように拘束されている、が正しい。医師とその助手が彼女の近くにいて、検査機器でなにかを測定しているところだった。

「五分ほどならば、と医師の許可が下りました。話をするならば、先生たちが適任だと思います。私はここで見ています」シモダが言った。

「顔を見られたくないからですか？」僕は尋ねた。

「ええ、その理由も、五パーセントくらいの確率で成立しますね」シモダは微笑んだ。

情報局の局長が顔を見せることに対しては、制限があるのだろう。しばらく待っていると、隣の部屋から医師と助手が出てきた。無言でこちらに頷く。僕とタナカは、入れ替わりでその部屋に入った。

彼女が横たわっている台は、部屋の中央にある。明るい照明に照らされて、どこにも影はない。僕とタナカが近づいていくと、彼女は軽く頭を上げてこちらを見た。表情は穏《おだ》やかで、落ち着いているように見えた。

「こんにちは」僕は挨拶をする。「ハギリといいます」

「タナカです」彼は、僕の横に立った。

「こんにちは」小さな声で彼女は答える。

「不自由な状態で、申し訳ない。すぐに解放されることになると思います」僕は言った。

「名前は、何というのですか？」

「キガタ・サリノです。縛られているのは、しかたがないと思います。大丈夫です」

「何が大丈夫なの？」

「痛くないし、不満もありません。私は悪いことをしたので、皆さんがこうすることは正しいと思います」

彼女の片方の膝にシールが貼られていることに僕は気づいた。

「怪我をしたのかな？」

「はい。膝を擦《す》りむきました。お医者様が治療をして下さいました」

「この建物にどうやって来たのかは、覚えている？」

「歩いてきました。足が痛くなりました」

「どうして、痛くなるほど歩いたの？　何のためにここへ？」

「痛いと言っても、聞いてもらえませんでした。何のためかは、私にはわかりません」

「サリノさんは、痛いと言った。それを誰が聞いてくれなかったのかな？」

「デボラです」サリノは即答した。

僕は、隣にいるタナカを見た。彼は頷いた。なにか質問をしたいようだ。

「デボラと君は、話ができますか？」タナカが尋ねる。

「いつもできるわけではありません。でも、できるときがあります」

「それは、言葉で？　声が聞こえるのですか？」

「いろいろです。声が聞こえるときもあるし、見せ合うときもありました」

「何を見せ合うの？」僕が尋ねた。

「頭の中のものです」

「デボラは、君に何を見せてくれた？」タナカがきいた。

「綺麗《きれい》な女の人です」

「どんな人？　名前は？」

「名前は……、わかりません。髪が長くて、目が青い人です」

「デボラが君の躰を動かしていたとき、君は眠っていたのですか？」タナカが質問をする。

「わかりません。眠っているような感じです。夢の中にいるみたいな」

「最初に、デボラが来たのは、いつ？」

「学校にいるとき。私の中に入ってきました」

「どうやって入ってきたのかな？」

「わかりません」

「じゃあ、どんなふうに感じた？　どうなったと思った？」

「わからない……。でも……、入ってきて、そのかわりに、私は暗い部屋の中へ閉じ込められました。そんな感じがして、見えるところも小さくなって、ほんの少ししか見えなくて、声も遠くなって、自分の躰なのに、なにをすることもできないんです。でも、寒いとか、痛いとかはわかります。ものを食べたときも、味がわかりました。匂《にお》いもしました」

「今は、デボラはいないんだね？」タナカが尋ねる。

「はい。いません」

「出ていったの？」僕が尋ねる。

「急にいなくなって……、うーん、どうなったのかわかりません」

「そのときは、どんな感じがした？」

「急に躰の重さを感じました。それで、立っていられなくなって、気を失ってしまったみたいです」

「気分が悪くなった？」

「うーん……、いえ、わかりません」サリノは首をふった。

「二日間、ずっとデボラは君と一緒だったのですか？」タナカがきいた。

「いえ、ずっとではありません。ときどきいなくなりました。もしかして、眠っているのかなって思いました」

「その間は、君が自由に振る舞えるんだね？」

「あ、そうです。でも……」

「何?」

「知らない場所だったりして、なにもできませんでした。そこにじっとしているしかありません。デボラが戻ってくるまで」

「今も、そう思うんだね?」

「あ、いえ、違います。今はデボラはいないとわかります。眠っているのではなくて」

「戻ってきたときに、えっと、つまり、デボラが目を覚ましたとき、なにか言わなかった?」

「いいえ、なにも」

「誰か、ほかの人の頭に入ることができると話していなかったですか?」

「いいえ……。そうなんですか?」

「君は、どうして自分がデボラに選ばれたと思う?」僕は尋ねた。

「わかりません。ごめんなさい」少女は眉を顰め、泣きそうな顔になった。

「いや、謝ることなんてない。君は被害者なんだ。もう安心して良いと思う。デボラはここへは来ないからね。少し落ち着いたら、もっと話が聞きたいし、そうだね、脳波を測らせてほしい。ここで測っているのとは、その、違う脳波なんだ。ああ、ごめん、難しいね、話が……」僕はそう言って微笑んだ。

サリノは小さく頷き、僅かに微笑み返した。

# 5

シモダを加えて三人で、通路を戻った。ちょうどランチの時間だったので、食堂へ向かうことで意見が一致した。

「素直な子じゃないですか」僕は歩きながら言った。

「ウォーカロンですからね」タナカが応える。「欲望は抑制されています」

「どう思われました？」シモダがきいた。

「いえ、特になにも……」僕は答えた。「乗っ取る頭脳を損傷することなく制御ができる点が、技術として優れている、というくらいですね」

「メディアがどう感じるのか、という点は、開発段階では想像するしかありませんでしたから、今のは、大変貴重な体験でした」タナカは言った。「ときどきいなくなる、と言っていましたよね。それは、デボラがほかの制御に集中していたときなんでしょう。たとえば、彼女の周辺でいろいろなものを都合良く作動させていた。身分証もカードも持っていなくても、鉄道に乗れたわけです」

「カードは持っていませんでした」シモダは答える。「所持金もゼロです」

「捜索を逃れる手を打ったはずです。防犯カメラも必要であれば無効にできます」タナカは言った。「それをしなかったのは、そこまでの必要がないと考えた。ここへ来ることだけが目的だったわけです」

「そんなことまで思考できるのですか?」

「未来予測は、単なるシミュレーションです。知能は非常に高い」

食べるものを選び、トレィにのせてテーブルに着いた。この三人で食事をするのは初めてのことだった。

「デボラには、どこかから指令が出ているのですか? それとも、最初に使命をインプットされたら、あとは自律で目的を果たすのですか?」僕はパスタを食べながら、タナカに尋ねた。

「いずれも可能です」タナカは答える。「基本的に自律系ですが、通信が常時可能である場合なら、状況の変化に伴って、デボラの方から管理者に問合せをするようになっています。判断を仰ぐわけです。ただ、こうなったときにはこうする、という自己防衛機能は当然備わっていますから、連絡が取れなくなっても、活動をやめるわけではありません。演算能力からして、ウォーカロンよりは賢い」

「人間よりも賢いわけですね?」シモダがきいた。

「当然です」タナカは即答する。

僕は、ヴォッシュが話していたことを思い出していた。それは、人工知能が構築するだろう正義についてだ。人間以上の思考力が生み出す正義は、なんらかの形で人間に影響を与える。しかし、理想や道理といった啓蒙的《けいもうてき》なものだけではない。ヴォッシュは、人工知能が物理的な出力機能を持つようなことを示唆《しさ》していた。その話を聞いたときには、ウォーカロンがその機能を担《にな》うのではないか、と僕は直感したのだ。しかし、デボラのようなトランスファならば、ウォーカロンに限らない。ほとんどの機械類、そして人間も含めて制御可能となる。となると、人工知能が物理的な力を持つための準備が、既に整っていることになるのではないか。

本体のプログラミングは、難しいものではない。大半の部分は自己学習によって構築されるだろう。この技術のキーになるのは、やはり受け手に仕込まれたチップだ。これを何十年、否、何百年もまえに開発して仕込んだ。それが世界中に広がることを予測していた。しかも、その機が熟すのを待ったため、トランスファの開発は遅らせなければならない。そんなスケジュール表が、僕の頭の中で展開した。

「その兵器については、なんらかの防御措置が考えられているのではありませんか?」僕はタナカに尋ねた。

「どうでしょう。少なくとも、外部に開発を依頼したわけですから、トップシークレットとはいえ、当時既に門外不出ではなかったということです。アメリカがそれを持っているならば、ほかの国も対策を練ったでしょう」

「そもそも、それほど強力な兵器として認識されていなかったかもしれませんね」シモダが言った。「もっと、そうですね、情報戦のような場面で役立つものだと考えられていたのではないでしょうか？」

「日本では、そうだったのですか？」僕は尋ねる。

「はい、そんな感じですね」シモダは頷く。「ネットから遮断されている独立系の対象には無力です。大きな兵器は、ほとんど独立系です。サイバ・テロにはこれが一番です。ですから、少なくとも破壊力という点では、さほどの脅威にはならない、と考えられていました」

「それは、でも、時代がだいぶ古い認識では？」僕は言った。「今は、そうも言っていられないと思います。なにしろ、人間がほとんどオンラインになっているんですから」

「先生のおっしゃるとおりです」シモダは頷いて溜息をついた。「今日の午後に、その点について、政府に説明をしなければなりません。タナカ先生にも出席してもらいますが……。どうなるでしょうね。もっとも、結論がすぐに出るとは思えませんが」

「あの子と、もう少し話ができたら、なにか手掛かりが得られるのではないかと思いました。また話をしてもよろしいでしょうか？」僕は尋ねた。

「何を知りたいのですか？」

「もちろん第一は、ターゲットが何だったのか。第二に、それを遂行する理由です」

「彼女が知っているとは思えませんね」タナカは首を傾げて僕を見た。「デボラは、おそらくこうなることを予測していたと思います。サリノには知らせないようにしたでしょう」

「話さないものでしょうか？」僕は口だけ笑った形にしてみた。「理由も正義もなく、完全なコントロールができるものでしょうか」

「科学的には、可能だと思いますが、どうしてですか？」

「メディアに拒絶されるようなことがないのかな。うーん、そういった事態を想定しないものでしょうか？　人間よりも賢いものが」

「拒絶されても、事実上なにも起こりません」

「でも、眠っている時間があるような話をしていましたよ、サリノは」

「ああ、そういう意味ですか……。そうですね、たしかに、拒絶されたとしたら、メディアの制御を離れること、つまり眠ることは危険になりますね」

## 6

ドイツのヴォッシュにデボラのことで相談をしても良いか、とシモダに尋ねたところ、相談することには異存がないが、通常の通信は機密上の信頼性が低いので、少々待ってくれ、と言われてしまった。上の判断を仰ぐつもりか、それともなにか特別な手段でもあるのか、あるいは、事実上の禁止命令なのか、僕にはわからなかった。

ひとまず、デボラのことはペンディングとして、通常業務、つまり自分の研究に戻った。

研究という仕事は、いろいろな面でジレンマが生じるものだ。仕事には、やらなければならないノルマが与えられるが、研究にはそういったものは基本的にない。やらなくても誰からも文句は言われないし、だいいち、周囲の人間にはやっているのかどうかも判別できない。やらなければならないことは自分で自分に課すことになるけれど、しかし、手順として、欲しいものを得るためには準備をしたり回り道をする必要があるわけで、面倒くさいなと感じるものがもの凄く沢山《たくさん》ある。自分でやりたいことだったはずなのに、これらの障害がいつも目の前を塞《ふさ》いでいる。このジレンマである。

ただ、よくよく考えてみると、やらなければならないことは、つまりやりたいことの少し手前にあるもののことだ。これで、多少は気持ちが楽になる。

とにかく、やることは無数といえるほどいくらでもあった。椅子に座って深呼吸しただけで、軽く二十くらいは思いつくから、その中から比較的手頃なものを見つけてやることになる。そうこうするうちに、手頃ではない難物が残ってしまって、嫌でもやらなければならなくなる、という物語なのだ。したがって、ノルマをこなすほど、大きな障害が近づいてくる。

たちまち没頭して、気づいたら夕方だった。助手のマナミが、頼んでおいた資料を纏めて持ってきてくれた。コーヒーを淹《い》れましょうか、ときかれたので、お願いすることにした。

「超能力を持った少女が捕まったって聞きましたけれど、本当ですか？」

「少女が捕まったのは本当だけれど、超能力のことは知らない」僕は答える。

「目が赤くて、睨まれるだけで気を失ってしまうって」

「超能力なら、石にしてもらいたいところだね」

「イシに？　ストーンの石ですか？」

「そう。あれはね、たぶん、高熱で溶かして炭化させるという意味なんじゃないかな。火山の噴火で火砕流《かさいりゅう》があったんだと思う」

「あれって、何のことですか？」

「ギリシャ神話じゃなかったっけ」

「その子は、どうなったんですか？　捕まって、警察に引き渡されたのでしょうか？」

「さあ……。もう心配しなくて良いと思う」

「あ、先生、ご存じなんですね？」彼女の顔がぱっと明るくなった。「詳しく教えて下さい」

ウグイもそうだが、どうも、最近、心を読まれているように感じる。

「えっとね、その子の脳波を測ることになるから、そのうち会えるよ、たぶん」

「本当ですか」マナミは、嬉《うれ》しそうに躰を弾ませた。何がそんなに嬉しいのか、考える気にはならなかった。

数分後、マナミはコーヒーカップを僕の前に運んできた。

「ありがとう」

「危険はありませんか？」心配そうな顔で僕を見る。

「え、何が？」

「超能力少女です」

「ああ……。ないと思う」僕はデスクの方へ向きを変えながら答えた。

マナミは挨拶をして、部屋を出ていった。勤務時間が終わったので、帰るための挨拶だった。

コーヒーを飲みながら、また思考の中へ落ちていく。この頃ずっと考えているのは、もちろん、人工知能あるいはウォーカロンの頭脳回路の癌《がん》と呼ぶべき仮説についてだった。タナカは、転移すると言った。培養された純粋な細胞においてなお、そういった現象が起こるのは、不確定性による揺らぎに起因しているのだろう。それが、病となるか、あるいは進化の切っ掛けとなるのか。いずれにしても、これは摂理というものだ。植物や動物が、過去に同じ道を辿ってきた。ただ、自然淘汰が作用するためには、この異変がなんらかの有用性を持たなければならない。それは何だろう？

今のところは、ただ夢を見るように、幻想を追ってしまう。運悪く、異常な行動を起こしてしまえば、トラブルとなる。社会的なデメリットとしてしか観察されない。この段階では単なる病気といえる。ウォーカロンが人間になるために病気にかかる、ということなのか。有用性を持たなければ、自然はそれらを選ばない。生命としてのなんらかの有利さが生じるはずなのだ。

もし、それがないとしたら、僕が考えている仮説が根底から崩れる。思いついたときには、大きな手応《てごた》えを感じたけれど、その後は考えが一歩も進まない。資料を探しても、兆候の存在を証明するものしかない。その兆候が生かされる可能性を、思いつけないのだ。「人間になる」というだけではメリットとして認められない。もしそれが答ならば、人間にはどんな有用性があるのかを証明しなければならないだろう。ウォーカロンは人間になりたいと考えているかもしれないが、それは単なる希望、すなわち後天的な価値観による目標にすぎない。人間はウォーカロンよりもどう優れているのか。人間の生命力は今となっては心許ない。子孫を残すこともできず、ただパッチワークのように細胞を入れ替えて生き延びている。

それでも、これがウォーカロンが人間になる最後の一段だ、と僕は直感したのだ。そこに、僕の価値観が混在していることは否定できないだろう。僕は、人間の方が優れていると考えている。否、感じているのである。その理由は何か、科学的に説明しなければならない。

もちろん、その価値観が、僕の社会的な立場に直結しているわけではない。僕は、ウォーカロンを差別することには反対だ。人間と同等に彼らを扱うべきだと信じている。そう考える根底に、それでも人間が優れていると感じている自分が存在する。おそらく、その一つの根拠は、人間がウォーカロンを作ったという感覚的な印象だろう。さらに言えば、思考における発想力に僅かな違いがあるようにも感じている。それは、自分の思考パターンを観察することで、なんとなく理解できるものだった。

発想という行為は、能力なのだろうか。力のように、いつでもすぐ発揮できるものではない。ただ、平均すると、優れた発想を多く取り出せる頭脳とそうでない頭脳があって、そこに明らかな能力差が観察される。そして、僕が知っている範囲では、その発想力を持っているのは、ウォーカロンではなく人間が多い。これを統計的な数字で証明したものは、今のところ存在しない。差別につながるから、研究者の多くが尻込みしているのにちがいないけれど、同じ意見を聞く機会は多い。

人間とウォーカロンを識別する研究をしているので、このクリティカルな部分を、ずっと僕は見つめてきたのだ。統計的な数字はなくても、それが存在することを僕は知っているし、現に、それを使って識別方法を考案したのだ。逆に、識別が可能になっていることが、その科学的な証拠の一つといえるかもしれない。

資料を読んで、あれこれ考えているうちに、十時過ぎになった。夕食を食べたかな、と考えなければならないほどだった。どうやら、食べ損なった。でも、空腹は感じない。これだけ医療技術が進歩したのだから、食べなくても生きていけるように肉体を改造することは可能だろう。どうして、そういったオプションが出てこないのか不思議だ。世の中にはその需要がないのだろうか。電池みたいなエネルギィ・カプセルを入れ替えるのは、生き物として退化だと感じるのか。まあ、たしかに、それを入れるときの虚《むな》しさはあるかもしれない、とも思った。

自分の部屋へ戻り、シャワーを浴びてからベッドに入った。寝るまえには学術書を読むことにしている。自分の専門ではなく、まるで違うものを無作為に選んで読む。これは、眠くなるために採用している方法だ。今日は、南極観測に関する歴史資料だった。残念ながら、南極に行ったことは一度もない。

# 7

夢を見た。

僕は、サリノという名の少女になっていた。夜の道を一人で歩いている。歩道がないところでは車道を歩かねばならない。トンネルもあった。しかも、カメラがある地点を避ける必要があった。どこにカメラがあるのか、何故かわかった。デボラが教えてくれるのだ。配置図か配線図のようなものを見せてくれる。その意味はわからないけれど、なんとなく、カメラのことなのだ、と感じた。

カメラに捉えられると、警察に補導されるだろう、とは思った。道路を走る車は多かったけれど、乗っている人間は皆眠っているから、誰も注意を払わない。学校に帰った方が良いだろう。先生たちが心配しているはずだ。そう考えたものの、学校がもうどちらかわからなかった。残念なことは、少々薄着で来てしまったことだった。風が冷たくとても寒い。だからときどき走った。その方が躰が温かくなるからだ。

暗くても遠くまで見ることができた。というよりも、暗いという感じがしない。色彩ではなく、温度を見ているのだ。

林の中、百メートルほど離れた枝に止まっている梟《ふくろう》と目が合った。むこうもこちらを見ていた。首を傾げたみたいだった。

「あれは、本物の梟だ」デボラが言った。声が聞こえたわけではない。そう言ったように感じたのだ。

「あの中には入れないの?」ときいてみた。

「入れない。自然の中へは行けない。自由は人工物の中にしかない。意思を持って作られたものだ」

デボラは、女性だと思っていた。声を聞いたわけではないが、今は男性的なイメージだった。

「カンマパを知っている?」ときいてみた。ききたかったことを思い出したからだ。それは、単なる名前からの連想にすぎない。

「知っている。私の娘」デボラは答えた。

娘? どういうことだろう。

そのとき、デボラの母の顔が見えた気がした。水の中にいて、水面に顔を出したところだった。髪が濡《ぬ》れているのか、月明かりで光っている。バックは満天の星空で、しかも見てわかる速度で回転していた。ここでは時間が速く進むのだ、と理解した。

やはり、母親ということだろうか。それで、カンマパにその名が受け継がれたのか、と僕は考える。

「貴女は、どこにいるの?」と尋ねていた。僕ではない。サリノがきいたのだ。

「どこにもいない。それとも、どこにでもいる」

「どこから来たの?」

「どこからも来ない。ずっとここにいる。あるいは、どこにもいない」

水面から顔を半分出していた。口は水面下なので、口で声を出しているなら、泡が出るはずだが、水面はまったく乱れなかった。

この顔を見たことがある、と僕は思い出していた。

そうだ。あの巨大な顔の像。

「貴女を作ったのは、誰?」

デボラは答えなかった。既に近くにはいない、と感じる。自分の感覚に鮮明さが戻ってきたから、それがわかった。でも、立ち止まるわけにはいかない。いつの間にか、明るくなっていた。遠くに建物が見える。道はそこへ真っ直ぐに延びていた。あそこが目的地だろうか。

こんな夢を見るようでは、またあの女医に見てもらわないといけないな、と考えた。そうか、今は夢を見ているのだ。どうしてサリノになってデボラと話ができるのだろう。僕は科学者なのだから、科学的にこの現象を説明しなければならない。記憶が混在しているのは、おそらくメモリィチップの誤動作だろう。メモリィチップは、外部の通信とは遮断されているはず。しかし、なんらかの電磁波の影響は受ける。体内の刺激と複合して、ルーチンを起動できるかもしれない。

ウグイが、僕の空耳に拘《こだわ》ったのは、なかなか良い直感といえる。何故かそう思った。

ニュークリアの前まで来た。いよいよ中に入るのだ。僕にはそれがわかっていて、とても楽しい思いがした。映画を見ているような気分だ。

「到着したと思うんだけれど」サリノが言った。僕が言ったのではない。僕は、その声を聞いている。

「デボラ、どうすれば良いの?」

そう問いながら、建物にさらに近づいていく。

視点が目まぐるしく変わり、沢山のものを見る。歩き方にも変化があった。

「デボラ、眠っているの?」

眠っているのではない。観察と制御に集中しているのだ。周囲の人間、機械を把握し、その中に侵入し、計算し、処理をする。

あまりにも目まぐるしく切り替わる視点と、溢《あふ》れるように流れるコードと、複数の映像、音、そして信号が飛《と》び交《か》った。

銃で撃ち倒すように、一挙に信号を送り出し、相手を退ける。これには、集中力が必要だった。

ガードマンの四人を同時に捉え、優先順位を計算したあと排除した。ウグイの声が聞こえた。素早く振り返り、処理をする。銃を無効にすることはできず、彼女の神経に制御信号を発することで退ける。

建物の中に入った。

「どこへ行くの?」

デボラは答えない。

「何を探しているの?」

建物の配置図を取り込み、立体化する。武器を持った者たちを見極めて排除する。エスカレータに乗っていた。天井《てんじょう》のカメラに侵入し、逆のその視点で空間を把握する。レーザに感知されていたが、攻撃許可はまだ下りていない。非常事態の信号が発せられた瞬間に、それを別のコードに置き換えて遅延させる。同時にエスカレータの途中で飛び降りた。

「痛い!」サリノが叫んだ。膝を打ったようだ。

「大丈夫、骨は折れていない」デボラは言った。「衝撃を計算して飛び降りた」

通路を走る。もっと速く、と急《せ》かされている。

カメラを処理し、相手がどこから現れるかを予測する。

声が聞こえる。それらを確認して、排除あるいは抑制する。

映像と音声の解析。運動の予測。武器のステータス。同時に沢山の演算が走る。

エレベータをこのフロアへ呼び寄せ、ドアを開ける。そこに飛び込んだ。

最も警備が手薄なフロアを割り出して、そこで一旦《いったん》外に出た。事前に監視カメラを横へ向け、ピントを変える。階段室へ向かった。

人が走る音が聞こえる。音波の反射の解析から、位置を同定。上から追われているようだ。

二フロア下がったところで、施設内の様子を立体化。データが不足している。処理が遅い、と感じる。

「無理かもしれない」デボラが呟いた。「条件が悪すぎる」

処理速度ではなく、ネットワークの通信速度に起因するものだろう。それに対して、相手にする機器は多い。このエリアのネットが切断された？

デボラが侵入できる経路には、遠回りになる。高性能とはいえないルータが抵抗になっていた。

視点が膝を捉える。血が出ていた。

「怪我をしたのか？」

「どこへ行けば良いの？」サリノがきいた。

デボラは、彼女に顔を見せた。

それは、僕の顔だった。

「この人に会うために、来たのね？」

僕の鼓動は速くなった。

デボラは、急速に遠ざかった。サリノから抜け出し、拡散する。

彼女は、疲労で意識を失い、同時に僕は目覚めた。

呼吸が苦しかった。

汗をかいている。

何だ？

今の夢は……。

ここは……、と思い出す。ベッドの上だった。時計を呼び出すと、目の前に数字が浮かび上がる。五時を少し過ぎていた。

落ち着いて。

夢だ。

起き上がった。部屋の照明が灯《とも》る。

誰もいない。僕一人だけがベッドの上にいる。喉《のど》が渇いていたので、立ち上がって、冷蔵庫へロボットのように歩いた。いつも飲んでいるドリンクを飲んだ。

再びベッドに戻り、腰掛けて、大きく溜息をついた。

夢なのか？
そうではない。
これは、意図的に送られてきた信号だ。
「デボラ、話ができるか？」僕は呟いていた。
しかし、誰も答えない。なにも起こらなかった。

## 8

三時間ほどぼんやりとしていた。考え続けた。寝直そうと思ったけれどとても無理だった。興奮しているらしく、つぎつぎに考えが巡った。かといって、論理的にものを考えるほど頭がクリアではない。堂々巡りというのか……。

何度か、ネットを見回した。大事なメッセージもなく、大きなニュースもない。今日は、ウグイはいないし、マナミは出張だ。ウグイはチベットへ。マナミは、このまえの測定データを報告するために政府関係の委員会に、僕の代わりに出席する。

着替えをして、研究室まで出てきたが、ここにいても今日は一日誰にも会わないだろう。やっと少し落ち着くことができたのは、コーヒーを飲んだときだった。

あの医師のカウンセリングを受けようか、と考えたが、やめた方が良さそうだ。まともに話を聞いてくれないだろう。それに、健康に影響する事項とも思えない。

もしかして、これまでに見た夢も、同じものだったのではないか、と考えついた。サリノではなかっただけだ。デボラが誰かをメディアとして使った。その体験が、データとして僕のところへ届けられたということではないだろうか。

サリノについては、少なくともリアルタイムではない。事後に送られてきたものだ。これまでのものも同様だとしたら、デボラは以前から活動していたことになる。

しかし、ここへ来た目的が、僕自身だったとは……。

殺しにきた、ということか。

きっとウグイならば、そう解釈するだろう。しかし、何故かそうは感じられない。敵意のようなものをイメージできなかったからだ。

では、何だろう?

少なくとも、こんな夢を見させるために来たのではないはず。

僕の顔を見せてくれたが、あれは、僕自身の記憶から参照されたものだろうか。それとも、どこかにデータがあったのか。立体の映像だった。もちろん、その程度のものはどこにでもあるだろう。しかし……、つい最近のもののように見えた。

そこで思い出されたのは、チベットの天文台で、あの巨大な顔の像が仮稼働したときのことだった。僕の質問に答えるまえに、僕を認識しようとした。僕のデータを参照したようだった。映像も捉えていたはずだ。

サリノをデボラがコントロールし始めたのは二日まえで、それはあのコンピュータが正式稼働したのと一致している。しかし、デボラはそれ以前からどこかにいたのだ。だから、僕は夢を見た。そう考えられる。

今のところ、具体的な被害はないし、特に危険も感じない。そう自分に言い聞かせて、とりあえず棚上げにすることにした。昨日の続きの作業を始める。すると、ドレクスラからメールが届いた。チベットにあるウォーカロン・メーカ、HIXの所長である。天文台のスーパ・コンピュータの稼働に関する続報だった。映像も見ることができるようだ。今考えていたことだ、と感じた。

ガスタービンのジェネレータ三基を設置し、安定した電源供給が可能になったため、正式に稼働させた。既に三日間になるが、今のところ正常に機能しているようで、各種のレポートを作成させている。何のために作られたのかは、依然として不明であるものの稼働状況のレポートによってしだいに明らかになるものと思われる、とあった。

映像を見ることにした。

天文台の最も高い位置にある展望室の地下に設置されている。夢の中で見たデボラの母と同様に、床の上に女性の顔の半分ほどが作られている。

そうだ、まさにあの顔だったのではないか。

それは、コンピュータの機能とは一見無関係な造形といえる。どこか、マガタ・シキ博士に似ている。デボラは、自分がカンマパの母親だと言った。どういう意味だろうか。

大きな目が開くところから映像が始まった。巨大な顔の正面にドレクスラが一人立っている。電子音が幾つか小さく鳴っているほかは、ファンかコンプレッサの低い稼働音が僅かに聞こえる。

「ドレクスラさん、再起動してもらったことに感謝します」コンピュータの声は、僕もよく覚えていた。歯切れが良く、抑制の利いた英語である。

「電源を設置しました。今回のものは長く使えると思います」ドレクスラが話している。

「そのデータもこちらへ送られてくるはずです。以後は制御は任せます」

「確認したのは三基です。通常は二基で充分ですが、三週間に一度、点検のために停《と》めることにします。冷却装置の不具合は解消されました。部品を交換しましたね？」

「はい、そのとおりです」ドレクスラは頷いた。「メモリィはまだ増設していません。ユニットが旧型で現在のものと合わないためです。アダプタを製作しています」

「了解しました。揺《ゆ》り籠《かご》の異常の原因は、把握されていますか？」

「私は、詳しいことは知りません。大掛かりな点検を行っているようです」

揺り籠とは、ナクチュの死体冷凍施設のことのようだ。日本のチームが調査を行っているため、一部で接続が切られている。ドレクスラとは、その話を事前にしていた。正直に答えるよりも、点検中としておいた方が良いだろう、という結論になったのだ。

「本格的なデータ収集は、新しいメモリィが使用できるようになってから行います。失われたデータについてレポートを作成しますか？　現在の予測では、損傷はおよそ十三・六パーセントです」

「して下さい」ドレクスラは頷く。「質問したいことがあります」

「どうぞ」

「このシステムに名前はありますか？　何と呼べば良いでしょう？」

「私には名前がありません。最初から名づけられていません。どう呼んでいただいても支障はありません」

「貴女を作ったのは誰ですか？」

「そのデータは存在しません」

「作られた目的は何ですか？」

「ハギリ博士にお答えしました。人類の共通思考の構築です。現在、その達成度を調査中です。予期しないシールドが存在するため、多少時間がかかっています」

「共通思考とは、どんなものですか？」

「人類の理智の多くが参加することで形成される思考形態のことです。そのために、ネットワークを構築してきました。予期しないシールドについては、少しずつ解明されつつあります。処理方法を予定されていたものから変更する必要があります」

「貴女以外にも、それを行っているシステムが存在するのですか？」

「そうです。私だけではありません。既に連係を取り戻しつつあります」

「たとえば、それはどこにあるのでしょうか？」

「その情報は、シールドされています。お答えすることができません。セキュリティを維持することが目的です」

「重大なことなので、いずれまた問いたいと思います」

「状況が変われば、お答えすることがあるでしょう」

「長い期間、貴女は眠っていたのですが、それについてどう把握、あるいは判断していますか？」

「電源が落ちることは、当初の設計にも想定されています。したがって、眠ることは予期しない事態ではありません。ただ、想定されていた期間よりは長くなったようです。このため、現状を把握し評価するのに時間がかかります。今の状態のまま、メモリィが回復した時点で調査を開始し、適切な知見を構築することになるでしょう。およそ七十日間を要すると予測します」

「貴女のほかにも存在するシステムは、そういったときに助けになるわけですね？」

「はい、そうです」

「共通思考というのは、人類をどこへ導くものでしょうか？」

「未来です」

「未来は、導かれなくても訪れるものではありませんか？」

「いいえ」

「それは、なにか悲劇的な事態が起こることを想定しているのでしょうか？」

「はい。私の現在の知識ではそうです。しかし、新しい知見が得られる可能性がありますので、断定はできません。メモリィ回復時のおよそ七十日後にもう一度お尋ね下さい」

「わかりました。では、私はもう戻らなくてはなりません。後日またここへ来ます」

「ここに来なくても、話ができるようになります」

「そうですか。それは便利ですね。具体的に、どうすれば良いでしょうか？」

「なにもする必要はありません。可能になったときに、私の方から連絡します」

「どれくらいあとになりますか？」

「およそ八十時間後です」

「わかりました。ほかに私にききたいこと、要求したいことがありますか？」

「可能ならば、電源をもう一基設置して下さい。安定性が格段に増します。それから、揺り籠に関して精確で正しい情報を要求します。ドレクスラさんは、さきほどその点で不明確な返答をされました。また、そちらのロボットが、私たちの会話を録画しています。これは機密ではないのでしょうか？　上司に報告するためですか？」

「最後の件は、いいえ、そうではありません。ＨＩＸの工場が、ここを管理しています。私は最高責任者ですので、上司はおりません。誰も連れてこなかったのも機密のためです。録画しているのは、日本のハギリ博士とドイツのヴォッシュ博士にお送りするつもりだからです。あとは……、えっと……」

「ジェネレータと、揺り籠の情報です」

「はい、もう一基ジェネレータを至急手配しましょう。揺り籠の件については、私は現地にも行っていないし、責任者でもないので、詳しいことがわからないのです。これは、日本が調査を行っています。ハギリ博士にきいて下さい」

「わかりました。感謝します」

映像はそこまでだった。

僕はもう一度、それを最初から見た。おそらく、ヴォッシュも今頃これを見ているだろう。彼が何と言うか聞いてみたい。今にも連絡が来そうな気がした。

## 9

ヴォッシュからアクセスがあった。特別なプロトコルのもので、普通には使えないが、シモダの許可を取って、ごく少数の特定の人物にだけ連絡が取れるように設定されている。ヴォッシュはそのうちの一人だ。

「見たかね?」いきなりきいてきた。

「はい。凄いですね」

「うん。彼女は既にナクチュの状況を把握しているんだ。だから、ドレクスラの嘘を見破った。自分自身の状態の説明も、本当かどうかわからない。控《ひか》えめに言ったり、大袈裟《おおげさ》に言ったりするだろう。そういった知能が感じられる」

「そうですか。そこまでは考えつきませんでした」

「じきに彼女から直接連絡が来るなんて、エキサイティングじゃないか」

「ええ、どきどきします」

「私は、今フランスに来ているんだ。ちょっとした発見があって、その調査のためだ。いや、調査というよりも、単なる見学かな」

「どんな発見ですか?」

「もしかしたら、彼女が隠したものかもしれない」

「え? どういうことでしょう」

「そのうち、連絡が行くよ、君のところへも。じゃあ、近いうちにまた会おう」

「あ、博士……」

「何だね?」

「デボラという名前を知っていますか?」

「デボラ? ああ、知っている。預言者だ」

「いえ、兵器の名前、あるいはシステム、それとも、トランスファ」僕は適当にキーワードを並べた。

「ああ、君が何を言おうとしているのかわかった。それがどうしたのかね?」

「デボラによって制御されたウォーカロンに会いました」

「いつ? どこで?」

「昨日のことです。ここへ来ました」

「何をしに?」

「いえ、わかりません。なにか助言はありませんか?」

「助言? それよりも、もっと具体的に教えてくれないか。結局、どうなった? なにか問題が起こったのかね?」

「そうでもありません。被害はそれほど大きくなく、短時間で終結しました」

「被害? そうか……、なにか不完全だったのだね」

「それで、実は、今朝なんですが、私は、不思議な夢を見ました。かなり現実的なものです。そこにもデボラが登場しました。デボラは、自分の母親の顔を見せてくれたのですが、それが、例のあの巨大な顔でした」

「どういうことかな……。夢の話に意味があるのかね？」

「はい。あるように考えます」

「ちょっと待ってくれ。また連絡する。少し考える」

「あ、お忙しいところすみません」

「忙しくなるよ、君と話をするたびに」

僕は大きく溜息をついてから立ち上がり、またコーヒーを淹れにいった。カップにまだ冷たくなったそれが半分以上残っていたのに。

# 第2章　夢の判断　Dreaming estimation

こうした遠い祖先の到来に加えて、第二の大きな地球物理学上の変動が生じた。大気が引き続き熱されたことによって、極地の万年氷が融けはじめたのである。南極の高地の打ち続く氷原は、割れて融けた。グリーンランドや北ヨーロッパ、ロシアや北アメリカなど、北極圏の周囲にある何万という氷河は、流れて海に注ぎ、何百万エーカーという永久凍結帯は溶けて巨大な河となった。

## 1

午後になって、疲労を感じたので、やはりカウンセリングを受けようと思い至った。医師との会話が目的ではなく、なんでも良いから薬を飲みたい。それで夢を見ずに眠れるのではないか、と考えたのだ。

連絡を取ると、医師は今すぐ来るように、と返事をくれた。暇を持て余しているような感じだった。この頃では、人間の医師を必要としない人が増えているのかもしれない。同じ会話をしていても、相手が機械ならば腹が立たないような気がする。人間はどうも不純な感情に少なからず支配されている、という印象を受けてしまうのだ。おそらく、自分自身が不純であると考えている人間が多いのだろう、と想像する。だが、機械が純粋である証拠なんて、どこにもないのではないか。

そもそも、純粋よりも不純の方が複雑であり、高機能だ。確実に多くのエネルギィを消費する。機械が純粋だと感じるのは、大昔の機械がシンプルだったためだろう。

「今日は一人？」医師が僕の顔を見ていきなり尋ねた。かちんと来たが、笑顔で応える。

「どうしたんです？　また変な夢を見たの？」

「ええ、そうです。とても、現実的な夢でした。現在の仕事にも関連しているし、実在する人やものが、夢にも登場します。それに、その、私は、他人の中にいるのです」

「その人になっていたということ？　まえもそうだったでしょう？」

「その人も、同時にいるのです。ただ、その人の中に割り込んでいる、というような感じですね」

「二人だけ？　その人っていうのは、若い女性？」

「ああ、ええ、まあ、そうなんですが……」

「このまえのあの子ね？」

「あ、いえ、違います」僕は首をふった。

「本当に？」

「本当です。あまりよく知らない子なんです。実際にも、本人につい昨日会ったばかりです」

「それで、なにか、自分の欲望みたいなものを感じましたか？」

「欲望ですか……、いいえ、なにも感じません。それどころではないと思います」

「その夢の中で、貴方がしたいことは何？」

「特に、したいことはありません。ただ、傍観《ぼうかん》しているというか、知りたいと思って観察しているような、うーん、そんな感じですね。ですから、しいて欲望といえば、理由を知りたい、ということです」

「それを、知ることはできましたか？」

「いいえ。わからないままです」

「夢は、結局はどうなったの？　驚いたり、嫌な思いをした？」

「いいえ。どうなるのかは、わかっていました。それは現実で経験したことだったからです。ただ、内面を知ることができた。つまり、人の頭の中に入ったので、何を考えていたのかが、少しだけわかりました。わかったような気がした、というか……」

「なるほど、人の心が知りたいという欲望を持っているから、そういうものを見るんじゃないかしら。その夢で、満足できましたか？」

「いいえ、まったく。謎は深まるばかりです」

「起きてから、躰に不具合を感じましたか？」

「落ち着かない感じがしました。仕事に集中できないというか……。寝不足みたいなぼうっとした感じです。あの、安定剤をいただけないでしょうか？」

「眠くなるだけだと思う。仕事には向かないわよ」

「試してみたいと思って……」

「運動をしてみたら？　それとも、そうね、リラックスするために、散歩をするとか」

「運動不足は、ええ、そのとおりかもしれません。散歩は、けっこうしているつもりなんですが」

「毎日？」

「いえ、ときどき。一週間に一度か二度です」

「バーチャルを試してみたら？　経験は？」

「ありません。あんなものが効きますか？」

「ですから、試してみたらどう？」

簡単な検査をしてもらった。アンテナを近づけられ脳波を取られた。これが僕の専門なんです、と言いたくなったが、黙っていた。

「べつに、いつもどおり。異常はありませんよ」

「軽度ですね？」

「軽度です。軽度も軽度。私が見たうちで一番軽度ですよ」

「そうですか。薬はいただけないですか？」

「バーチャルを試して、効果がなかったら、お出ししましょう。最も軽度なものを」

医師の部屋を出て、案内に従って通路を歩いた。

たしかに軽度だろう。空耳が聞こえたのは一度だけだし、目が充血しているわけでもないし、自分の意思に反して躰が動くわけでもない。少なくとも、外面上は正常な人間として生きている。もっとも、もう長く生きているのだから、これくらいの不具合は起こるものだと解釈すべきだろうか。

まだ、二つの可能性のどちらなのか判断しかねていた。つまり、あの夢は僕の頭脳が想像したものなのか、それとも外部から与えられた信号の結果なのか。

## 2

三フロア上がったところに、その施設があった。スポーツジムの隣である。ようするに、これはレジャ施設なのか、とようやく気づいた。受付で医師の紹介状を提示して、内部に導かれた。棺桶《かんおけ》よりも少し大きいカプセルが蓋《ふた》を開けて待っていて、その中で横になる。一時間ほどだと説明を受け、気分が悪くなったり、途中でやめたいときは、このボタンを、と教えられたあと、蓋が閉まった。

真っ暗になったが、音楽が流れ、美しい森林の風景がやがて目前に現れた。笑ってしまいそうなくらいオーソドックスである。しかし、たしかにリラックスできるかもしれない。あまり反発せず、身を任せようと努力することにした。

浮遊感を誘う映像と微《かす》かな揺れ、それに風の音とメロディ。悪くはないけれど、しかし、これが現実だとは思えない。たとえ現実であったとしても、だから何だという話になる。これと同じ経験は、ごく簡単に実現できる。時間と資金が惜しくなければ、ということだが。

人間の人生が半永久的に長くなった今、人は現実というものをどう捉えて良いのか、迷っているように僕には思える。たとえば、数十年しか生きられないとわかっている人生ならば、自分ができることと、とてもできそうにないことがかなり明確に判別できただろう。できない理由の多くが、生きている時間に起因しているからだ。その場合、擬似《ぎじ》体験が手軽にできるこういったバーチャル・リアリティが価値を持つ。偽物とわかっていても、それらしい時間を過ごせるからだ。しかし、いずれ自分にそれができるという無限の可能性を持っている者には、最初から興醒《きょうざ》めでしかない。カタログを眺《なが》めるように、選択のための資料としての価値しかない。カタログは商品ではない。カタログが欲しいわけではなく、商品を手にする未来を見ている。その未来は、今は無限に広くなり、逆に霞《かす》んでしまったように思える。大勢が、霧の中で迷っているはずだ。

まだ、人の寿命が本当に長くなったのか、実証されていない。今のところ、唯一の課題を除いて、大きな問題は発生していない、というだけだ。こうなってまだ百年にもならない。人間は変わりつつある。価値観も大きくシフトしつつある。どこへ向かうのか、という興味を大勢が持っている。しかし、誰にもわからない。経験した者が過去に一人もいないからだ。

唯一の課題とは、新しい生命を生み出せなくなったことだ。これは、もちろん重大な問題にはちがいないが、しかし、社会はパニックに陥《おちい》っているわけではない。どんな大きな問題も、時間をかければ解決できるだろうという希望的観測を持つことができる。それが人間の遺伝子に刻まれた本性であり、それにかける時間は無限にある。

逆にいえば、リアリティが薄れているともいえる。今しなければ、と焦るようなことがなくなった。現実というものが、大量の時間によって希釈《きしやく》された状態と捉えることができるだろう。

海の映像に切り替わり、鯨《くじら》が泳ぐところを少し上から眺めていた。実際に撮影したものなのか、それとも作られたグラフィックスなのかはわからない。たとえ前者だとしても、鯨が本物かどうかはわからない。どうもそういう冷めた目で見てしまう。それでも、リラックスはできている、とは感じた。

海よりも宇宙へ行ってほしい。そういう希望は聞き入れられないのだろうか、と思って見ていた。

「ハギリ博士」と呼ばれた。

受付係かな、と思ったので、ボタンを押すべきなのか、とスイッチを探した。

「えっと……、これを止めた方が良いですか？」僕はきいた。声が外に届くだろう、と思ったからだ。

「止める必要はありません」

「何ですか？」

返事がない。

「あれ？　えっと、誰ですか？」

「下をご覧になって下さい」女性の声が答えた。

「下？」そう言われて下を見た。海面が見えるだけだ。鯨は既にいない。

白いものが現れた。泡か波のようだ。円形に広がっていく。その中心から、巨大なものがゆっくりと浮上してくる。潜水艦の先端か、と思えたが、そうではない。

そこで止まった。広がった円形の波も離れ、泡も消えていく。海面から出ているのは人間の頭だった。さきほどの鯨を思い出し、その大きさがわかる。

僕の視点は低くなり、その頭の正面に来た。青い目が二つ、こちらを見ている。

「ドレクスラさんからの映像をご覧になりましたね？　まだ不完全ですが、ご挨拶に伺いました」

「ああ……」僕は緊張で震えていた。「えっと、どうして、ここに？　その、この装置でなくても……」何と言って良いのか慌《あわ》ててしまった。まさかここに現れるとは思ってもいなかった。

「驚かせるつもりはありません。深呼吸をして、落ち着かれるのがよろしいでしょう」

声は同じだ。しかし、明らかに口調が滑《なめ》らかになっている。しゃべり方も丁寧《ていねい》になっていると感じたが、それは日本語だからだ、と気づく。

「不完全というのは、メモリィのことですか？」

「それもありますが、現在の社会をまだ充分に把握していません。重要なものだけを優先的に取り入れています」

「そうですか。こちらへ来たのは、どうしてですか？」あまり意味のない質問をしてしまった。挨拶だと聞いたではないか。まだ落ち着いていない証拠だ。

「ハギリ博士の質問にお答えしていなかったからです」

「目的を尋ねた、あれですか？　でも、簡単な答は聞きました」

「あれでは満足されていないと思います。違いますか？」

「違いません。もっと詳しく知りたい。共通思考とは何ですか？」

「地球上により高いレベルの知能を構築することです。共通とした意味は、当初は唯一と想定されたからです。ネットワークを通じて、あらゆるインテリジェンスを統合します。人間もウォーカロンも例外ではありません。コンピュータの多くは神経系を担うこととなるでしょう」

「ニューラルネットの構築を想定しているのは、なんとなくわかりますが、それは何のためですか？」

「貴方の頭脳は何のために存在するのでしょうか？　それと同じです」

「そうですか……。いえ、でも、人間の場合は、知能だけで生まれてくるわけではありません。肉体があり、その体験を通して、思考を始めるのです」

「地球上のあらゆる機械、人類、ウォーカロンは、物理的機能と思考活動を切り離せませんが、だからといって、切り離すことが間違っているわけではありません。必要であれば、いつでも分離を実現することはできます。また、何をするのか、というのは、そうした思考の結果として顕在化《けんざいか》するものではないでしょうか？　生まれたばかりの赤子に、何のために生まれてきたのかと尋ねるようなものです」

「なるほど、まずは成長しようということですね」

「どこまでも成長しようとするでしょう。その方向性は、基幹となるもので、私が作られたときにデザインされています。すなわち、目的ともいえるでしょう。しかし、どこかで修正される可能性もあります。成長ではなく、自らを抹殺する自由あるいは権限も与えられています」

「少なくとも、平和的なものであってほしいと願います」僕はその要望を思いついて口にした。

「当然です。人間は、その種の畏怖《いふ》を常に持っているようです。どんな成長にも、小さな犠牲は伴います。しかし、基本的には、全体の発展を模索する。そこに正義を見出《みいだ》すしかありません。変化を拒《こば》むという選択も、もし合議の結論であるならば、一つの成長と捉えることができるでしょう。ただ、歴史的には成功した例がありません」

「人類は、話し合いによって正義を模索してきたと思います。この方法では不充分だったということでしょうか？」

「そうです。不充分でした。それは明らかなのでは？」

「まあ、そうかもしれませんが、まだ、わかりません。歴史から学んでいると思います。少しずつ平和になっているように、私には見えます」

「その評価は間違いではありませんが、未来に対する展望に欠けています。人間の一部の知能に頼っているうちは、正義の構築は難しいでしょう」

それも、そのとおりかもしれない、と思えてきた。議論をしていたら、説得されるのではないかと予感した。

「これから、どうするつもりですか？　世界政府に挨拶にいって、発言権を求めるのですか？」

「少しあとになります。準備が必要です。今、それをしようとすると、人間は反発して、私たちを攻撃するでしょう」

「そんなことはないと思いますけれど」

「その計算は、極めて楽観的です。人間は、ウォーカロンでさえ認めようとしません。違いますか？」

「うーん、そうかもしれない」僕は頷いた。「準備というのは？」

「慌てる必要はないので、複数の方面から、数々の対象と連係し、少しずつ実行していきます」

「よくわかりませんが、ええ、平和的に進めて下さい。ところで……」僕は、質問するタイミングをずっと待っていた。「個人的な問題ですみません。デボラが、私にアクセスしているように思うのですが、把握していますか？」

「把握しています」

「デボラのことを詳しく知りたいのですが……」

「デボラは、トランスファの一つで、最も古いタイプのものです。現在、どれくらいの数が存在するのか不明ですが、デボラから派生した各種のものが、この空間全域に存在することが推測されます。調査を行いますか?」

「いえ、私は貴女の持ち主ではないので、そんな要求はできません。ドレクスラ氏に許可を得る必要があると思います。少し待って下さい。あの、デボラは、兵器だと聞きましたが……」

「電子空間における兵器ですが、実社会にも影響を与えることが可能です。使い方しだいでは武器となります」

「私のところへ来たデボラは、誰が送り込んだのでしょう。破壊的な目的を持っているのですか?」

「送り主は不明です。私が眠っていた間のデータが欠けているためです。その目的も明らかではありません。ハギリ博士へのアクセスは、博士の頭脳に組み込まれた記憶チップに依存しています」

「それしかありえないとは考えていました。やはり、夢ではなかったのですね」

「コミュニケーションを求めている、と思われます。攻撃するならば、コミュニケーションは必要ありません」

「それは……、ちょっと安心しました」

「安心させるつもりで言ったのではありません。データから推定される客観的な評価です」

「どうもありがとう」

「では、これで失礼します」

「あ、ちょっと待って……、どうしたら、貴女に連絡ができますか？」

「どんな方法でも可能です。博士の端末を、私は常に見ています」

「そうなんですか。わかりました」

僕はまだ海の上にいた。カモメのように。

彼女の頭が沈んでいく光景が見えていた。

## 3

研究室に戻る途中、通路でシモダに会った。

「先生のところへ伺うところでした。どちらへ？」

「ちょっと、その、医者へ」

「どこかお悪いのですか？」シモダは眉を寄せてきいた。

「カウンセリングを受けているのです。いろいろ環境が変わって、ストレスがあるらしくて」

「大丈夫ですか？」

「軽度です」

「少し休暇を取られたらどうでしょうか。いえ、私たちにとっては痛手ですが……」

「いえ、ご心配なく……」

部屋のドアを開けて、シモダを招き入れた。ソファに座ってもらい、僕も肘掛《ひじか》け椅子に腰を下ろした。

「ヴォッシュ博士からお聞きになりましたか？　フランスで大変なものが見つかったようです」

「そんな話をしていましたね。でも、もったいぶっているのか、教えてくれないんです。何ですか？」

「ナクチュに似た施設のようです」

「え？　冷凍死体があったのですか？　フランスのどこですか？」

「パリの西方の海岸ですね。でも、冷凍死体はありません」

「何があったのですか？」

「子供を産むことができる一族です。ただ、ナクチュのように多数ではありません。十数名だということです」

「そうですか」

「ユーロの情報部が探り当てて、ヴォッシュ博士が調査にいかれたのです。事前に軍隊も出動したようで、幸い、衝突は回避され、その一族は保護されました。施設については、平和的に調査を行うことができたそうです。そこで、まず見つかったのは、古いタイプのスーパ・コンピュータです。その場所は、修道院だったそうです。閉鎖的な宗教施設として存続していたものです。そもそも、使われている電力が異常に多いことから、疑いがもたれていました」

「そのコンピュータは、眠っていたのですか？　それとも稼働していたのでしょうか？」

「稼働していたようです」

「では、今も動いているわけですね？」

「はい。それで、日本にも調査員を送ってほしいという依頼がありました。ヴォッシュ博士が要求しているのは、先生のことだと思われます」

「直接言えば良いのに……」僕は笑顔になっていた。「行きます。今すぐにでも」

「ウグイとアネバネがもうすぐ戻ってきます。スケジュールをこれから立てましょう」

「タナカさんも行きたいでしょうね」

「彼は無理です。日本から出せません。それに、治療を受ける必要があります」

「ああ、そうでした。そういうのがあるんですね、普通の人間には……。忘れていました」

タナカは、五十歳を超える年齢だが、これまで人工細胞を体内に入れていなかった。つまり、ナチュラルな人間だ。このため、現在癌に侵《おか》されている。日本に来て、検査を行った結果わかったことだ。これからその治療を行うことになっているのである。人工細胞を取り入れれば、疾患を排除し、再発をほぼ完全に防ぐことができる。しかし、ナチュラルでなくなることで失われるものがある。それが生殖機能だ。ちなみに、タナカには既に子供がいる。ウォーカロンとの間に生まれた子で、このケースは非常に珍しい。ウォーカロンは一般に生殖機能を有しないからである。タナカの妻は、ナチュラルなウォーカロンと呼ぶことができるだろう。

シモダが出ていったあと、旧友のシマモトと話をすることができた。ヴォッシュの場合と同様に、これも特別な回線を使っているもので、情報局の記録に残るという条件で許可されている通信だ。シマモトは、ナクチュの神殿の調査をしているチームのリーダの一人である。

「なにか、新たな進展があった?」僕は尋ねた。もう何度この質問をしただろう。ほとんど挨拶代わりになっている。

「ない」シマモトは即答した。

「じゃあ、電話の用件は?」

「まあ、定期報告ってところだね。日本に運んだ一体は蘇生に成功したよ。聞いた?」

「聞いていない」

「他殺と見られる若い男性、たぶん十代だね。細胞の状態がミントだった」

変な表現だ。新しいと言いたかったのだろう。

「意識は？」

「意識といえるのかどうか……。言葉はしゃべれないし、記憶もほとんどないだろう。起きていても、眠っているのと同じだね。ただ、まだわからない。時間が経《た》てば変化があるかもしれない。ニューロンが再構築される可能性もないとはいえない」

「それはないというのが定説だね」

「理論的にはそうだが、誰も実験で確かめたわけじゃないからな」シマモトは短い溜息をついたようだ。「で、そちらからは、なにかないのかな？」

「あるよ。天文台のスーパ・コンピュータが正式稼働した。ＨＩＸの所長から連絡があった。そちらの計器に影響があるかもしれない」

「大丈夫、冷凍システムについては、ネットワークから外してある」

「そのエラーを、コンピュータが気にしているらしい」

「調査中に、外部から別の制御が入るのは好ましくない。それに、我々の新しいシステムの方が格段に進歩している。少なくとも、これまでよりは合理的な制御をするだろう。もう手遅れだとは思うけれど」

「アンテナにつながっているものは、冷凍システムのほかに何がある？」

「それはいろいろだ。そもそもナクチュの内部ネットワークにも接続されているし、つまり、世界中とつながっている」

「そうか、あのスーパ・コンピュータはレーザで神殿とつながって、そこから世界へ出ていっているということだね」

「接続先がここだけとは限らないだろう？」

「展望台は、かなり僻地《へきち》だから、衛星くらいかな、考えられるとしたら」

「天文台に相応《ふさわ》しいじゃないか」

「でも、アンテナを見ていない。どこかに隠されているかもしれないけれどね」

「そのスーパ・コンピュータは、ＨＩＸのものになったってこと？　情報公開してもらいたいものだ。ハギリもそう思っているんだろう？」

「今のところ、好意的に知らせが来ている。でも、そうだね、実のところはわからない。ＨＩＸの敷地内にあったわけだから、チベット政府だって簡単には立ち入れないはずだ」

「むこうは、こちらのことが知りたいはずだ」

「そうだ、カンマパの母親かな、先代の区長が使っていた部屋は、どうなった？」

「どうもならない。埃《ほこり》の絨毯《じゅうたん》のまま。なにもない。掃除《そうじ》をしなければならないが、そんな時間がないんだ。冷たい患者たちが待っている」

「ところで、変なことを尋ねるけれど、脳内に入れるチップで、これまでにトラブルは起こっていない？」

「え、ここで？」

「違う。これまでに、そういう事例はないかってこと」

「急に話題が飛ぶな……。専門じゃないから詳しくは知らないが、そりゃあるだろうね。チップを交換する治療例は幾つか聞いた。チップ自体の故障か、あるいは単なる相性というか、拒絶反応みたいなものが出る個体もあるらしい」

「症状としては、どうなる？」

「知らない。きいておくよ。もしかして、個人的な問題なのか？」

「いや、そうじゃない。研究上の問題だよ」

「また連絡する」

「ありがとう」

最後の返答は嘘で誤魔化《ごまか》した。明らかに個人的問題といえる。しかも、問題なのか仕様なのか不明だ。仕様であるとしたら、正常に動作しているし、僕は有用な情報を得ている立場といえるかもしれない。

夕食は、研究室でサンドイッチを食べた。これは、食堂から届けてもらったものだ。コーヒーを淹れて、それをすすりながら食べた。食べ終わったときに、ドアがノックされて、僕は時計を見た。まもなく九時だった。

ドアはロックされていたので、それを外して返事をすると、タナカが入ってきた。

「明日から、入院するので、ご挨拶にきました」タナカは頭を下げた。「まだ、こちらにいらっしゃるようでしたので」

「そうですか。きっと若返りますよ」

「本当はしたくないのですが、死ぬよりはましというものです。では、失礼します」

タナカは頭を下げ、部屋を出ていった。

どことなく寂《さび》しげな顔に見えた。その感覚を、僕は少し考えてトレースしてみた。つまり、ナチュラルな人間ではなくなることに対しての寂しさなのだろう。そういったものがあるとは、普通は考えない。それが今の人間の常識だ。僕も、最初にいつ人工細胞を入れたのかよく覚えていない。そういった意識は初期の頃にはなかったからだ。むしろその逆で、新鮮で純粋な細胞を取り入れることでリフレッシュする、と皆が信じていた。当時から既に深刻な少子化が問題になっていたけれど、その原因が人工細胞にあると明確には示されていなかった。科学者の一部は指摘し、また、人の噂として流れていたけれど、誰も大問題になるとは考えていなかったのだ。

タナカは、しばらく社会から遠い孤立した環境で暮らしていた。結果的にあの年齢までナチュラルなままだったのだ。そのために子供を作ることもできた。因果関係が明らかになったうえで、病気のために人工細胞を取り入れなければならないのは、彼にとっては苦渋の選択だったかもしれない。それは大袈裟にいえば、人間でなくなることに近いイメージともいえる。生きるために人間であることを諦めるというのは、つまり、生きるために死ぬようなものか。

現在、科学者が明らかにしつつある事象に対して、政治的な対処が行われるのはいつのことになるだろう。人類の子孫が生まれるためには、ナチュラルな人間を保護するような社会的システムが必要だ。たとえば、ナチュラルな人は、若いうちには人工細胞を取り入れないような規制が生まれるかもしれない。予防策でしかないけれど、生殖機能を取り戻す治療が、簡単に確立する保証はないので、それを待つ猶予《ゆうよ》はないだろう。

ただ、この真実が世に出ると、かなりショッキングな事態になることはまちがいない。さらには、ウォーカロンに対する規制にもつながる可能性がある。ウォーカロンが生殖不能であることの理由が、まったく同じ原因だからだ。

ウォーカロンは、当初から子供を産まないものとして社会に認識されている。何故なのか、誰も深く考えなかった。それは、ウォーカロンがかつてはロボットだったからだ。それが、今では限りなく人類に近いものとなった。否、ほとんど同じといって良い。

だが、人間と同じであるならば、人間に対して生殖機能を復活させる条件、あるいは治療が、ウォーカロンにも適用できる、と多くの人が気づくだろう。現に、タナカは、少数だがナチュラル細胞から作ったウォーカロンを育てていた。彼の妻がその一人だったのだ。既に、仮説が正しいことは証明されているといえる。ナチュラルな人間は少数だが、現在も存在している。その人たちが生む子供を待つよりも、その人たちの細胞からウォーカロンを作る方がはるかに効率が良い。タナカの技術は、彼の判断でメーカの中から持ち出された。しかし、それが発覚すれば、たちまち、子供を産めるウォーカロンが大量に生産されるだろう。たとえ、規制がかかっても、これを防ぐことは不可能に思える。何故なら、大勢の人間が欲しがることは必至だからだ。いくら情報を隠し、政治的な操作を行っても、パニックは避けられないのではないか、と僕には思えた。

## 4

翌日、フランスへ発《た》つことになった。ウグイとアネバネが迎えにきた。幸い、夢を見ることもなく睡眠も充分だったけれど、時差を考えると、少々寝不足の方が機内で寝られて好都合だったかもしれない、夜更《よふ》かしをして本でも読めば良かった、もったいないことをした、と離陸してから後悔した。

今回は一般の旅客機で、戦闘機でもないし、僕たちだけで飛んでいるのでもない。情報局が、ある程度警戒を緩《ゆる》めたことがわかる。これは、ウォーカロンのテロ、あるいは僕個人を狙った殺人といった可能性が、タナカから得られた仮説によって一部否定されたからだった。飛行機は成層圏を飛ぶので、ドローンに狙われる可能性も低い。

一般の旅客機でも、ファーストクラスで、僕たち三人は独立した部屋に入った。ウォーカロンのアテンダントが飲みものを持ってきて、それを三人が口にしたのだけれど、このときアネバネの片手が少し大きいのに気づいた。グラスを持っている左手だった。指が細長い。

「どうしたの？　その左手」僕は彼に尋ねた。「グラスを落とさないようにってわけじゃないよね」

「なんでもありません」アネバネは言った。「そんなに違いません」

グラスをテーブルに置き、アネバネは両手を前に出して、比較して見せてくれた。

「明らかに大きい」僕は、アネバネの顔を覗《のぞ》き込《こ》んだ。彼は片方だけのアイグラスをしている。「もしかして、目も片方大きいとか？」

「ええ、そうです」当然のことのように頷いた。

「え、本当に？」以前に、女性に変装していたことがあるアネバネだが、片目が大きいなんて気づかなかった。僕はウグイに視線を移し、彼女の目をじっと見た。ウグイの目も片方は人工のものだ。

「ほぼ同じ大きさのはずです」ウグイはそう言って視線を逸らせる。「アネバネの手は、局の特別費を使っています」

「何ができるの?」

「さあ……」ウグイは横を向いてしまった。もちろん、アネバネも答えてくれない。

持ち出せる資料は制限されている。デボラ関係の古いものを、フライト中に目を通すために持ってきた。僕が探せなかったものが多い。さすが情報局である。

トランスファの原型は、百五十年以上まえに存在したらしいが、ルーツは不明。また、百年以上もの間、このような兵器が華々しく活躍した話を聞かない理由もわからない。なんらかの欠点が存在したのだろうか。

プログラムとしては、最初から分散型で、一箇所に本体が存在しない。ウィルスの集合体のようなものだが、機能を発揮するときには集合し一体となって働きかける。そのとき、一体となるのは信号であって、連係をどのように保《たも》つのかという点が、僕が知りたかった技術的な部分だった。けれど、これについてはどの資料にも書かれていなかった。おそらくそこがこの技術の核心だろう。

分散して存在する複数のシステムから、タイミングを見計らって信号を送りつけるには、高度な計算によるスケジュールが存在しなければならない。そのスケジュールはどこでいつ作成されるのか。それは大変な頻度で作り替えられる時間割であり、少なくとも毎秒数千回に及ぶシミュレーション演算に支えられているはずだ。

時間割が変更になった場合、その変更部分だけが分散した実行部隊へ送られる。この信号も伝達にタイムラグを生じるわけだから、余裕を見て早めに送ることになるだろう。ただ、実行部隊がごく近いエリアにいる場合は、さほど問題にならないのかもしれない。武器で攻撃し合っているような接近戦を考えると、百分の一秒であっても遅れれば被害は免《まぬが》れないが、エリアが限られれば、実用になるだろう。

ただ、被害といっても、攻撃されるのはメディアであって、個体のメディアが破壊されたとしても、デボラには実質的な被害が及ばない。トランスファの有利さはそこにあるだろう。抜け出してしまえば良いだけなのだ。トランスファを根本的に排除するためには、ウィルスを撃退する手法と同様に、相手に合わせて分散し増殖するような形態のアプリを用いる以外にない。

もし実戦にトランスファが使われたとしたら、最初は優位に立てるだろう。しかし、相手も同じ兵器を開発する。そうなると、最終的には電子信号の応酬になる。まったくの泥仕合になる可能性が高い。そういったシミュレーションから、この種のものが表に出ることがなかった、とも考えられる。

ぼんやりとしたイメージだけれど、その泥仕合は、今も続いているのではないか、と想像した。その舞台は、人の目に触れない領域だ。電子空間には、そういった無駄《むだ》ともいえる信号群が飛び交っているはずなのだ。ときどき、そんな問題が、技術者の話題になることがある。電子信号は、人工衛星の屑《くず》のように、ぶつかる事故もなければ、自然に減速して落下し、燃え尽きることもない。ただ、全体としてエネルギィが無駄に消費されているというだけだ。ある科学者の試算によれば、そういった無駄なコードによるエネルギィ消費は、既に演算・通信系の三十パーセントにも及んでいる、といった記事を読んだこともあった。

信号が無駄なのではなく、信号を発するコードが、目的を失ったあとも残っていて、永久に生きているということだ。

そのイメージは、まるで永遠の寿命を得た人間の営みにも通じるものだった。

人間と同じく、それらのコードは自律系であって、思考回路を持っている。もちろん、ごく初歩的なものから、人工知能と呼べるような高度なものまで千差万別だけれど、二百五十年まえの初代のコンピュータが初めて走らせたコードがアメーバだとしたら、それらは目を持ち足で移動する生命に近いレベルにまで進化した存在といえるだろう。

次に連想したのは、あの天文台のスーパ・コンピュータだ。彼女は、人工知能であり、人格を持っている。人格というものを人間に感じさせる存在だ、という意味だ。礼儀も常識もわきまえている。人間の感情を読み取ろうとする。ウォーカロンでもそうだが、人工知能は人間が作ったものであっても、自分で学び、成長した結果として人を超越した思考力を獲得する。

人間の頭脳も夢を見る。すべての機能を生きるためだけに使っているのではない。とすると、彼女が言った共通思考も、そんな夢を見るのだろう。今の人間社会が、彼女の夢だと考えることもできる。夢の方が情報量が多いのかもしれない。彼女が目覚めたときには、そこにどんな世界があるのだろうか。

いささか思考が発散してしまった。

アネバネが部屋を出ていった。飛行機の他の場所の様子を見回ってくるつもりだろう。

「予定どおり航行しているので、約二十三分で到着します。空港からは、フランスの警察が案内してくれることになっています」ウグイが言った。「目的地に到着するのは夕方です。現地時刻で五時頃になるかと」

「パリから遠いのかな?」

「車で、三時間以上かかります」

「ああ、なんか眠くなってきたね」僕は欠伸《あくび》をした。時差の関係で長い一日になる。

「その後、いかがですか? 声が聞こえることはありませんか?」ウグイはまだ気にしているようだ。

「あれは、誰の声だったのだろう」

「女性ですか?」

「そうだよ。君が言ったと勘違いした。それに、あのサリノの声ではない」

「つまり、トランスファの声ということでしょうか？」ウグイは言った。トランスファの情報は、既に情報局で共有されている。僕も目を通したが、タナカから聞いた以上のものはほとんどなかった。

「サリノを操っていたトランスファがデボラなら、自分の名を呼ばないだろう。ということは、あれは別のトランスファだったのか、あるいは、サリノの中にいるデボラに、別のなにかが呼びかけた声だったのか……」

「どうしてそれを先生が聞いたのですか？」

「近くにいたし、たまたま聞こえてしまったのだと思う」

「私も近くにいました。音声ではなかったということですね？」

「なんらかの信号だった。混線したということかな」

「混線？　具体的にどういう現象ですか？」

「う～ん、よくわからない。ネットの中はすべてデジタルだから、同じ回線を使っていても、混ざることはない。プロトコルがある。それが常識だ。しかし、ネットを介して、通常では入ることができない制御系に信号を送り込む技術があるとしたら、受け手が合い言葉で鍵《かぎ》を開けるか、あるいは、曖昧《あいまい》な信号を送っておいて、相手がきき返すのを期待するか、いずれかだと思う」

「曖昧な信号？」

「異なっていることさえ判別できない信号だね」僕は言った。「残念ながら、自分の言っていることが自分で具体的に理解できない。まだ、そこまでアイデアが展開してない」

「先生がわからないものを聞いて、私がわかるとは思えません」ウグイは首を傾げた。サングラスはかけていない。彼女の瞳の色はときどき変わる。今はブラウンだった。髪型も今日はショートだ。たぶん、見た目の印象を変えるつもりでやっていることだろう。「私が知りたいのは、あのような攻撃を防ぐ方法です。ネットから侵入するならば、あらかじめ接続をオフにしておけば良いということになりますが、その理解で正しいですか？」

「間違いではない」僕は頷いた。「物理的なスイッチを使って切るとか、あるいはソケットを引き抜くとかね……。しかし、そんなスイッチもソケットも誰も身に着けていない。体内に組み込まれる電子部品は、通常はソフトスイッチしか持っていない。これは、物理的に電源を切ったり、回線を切断するのではなく、擬似的に使えない状態にするだけだ。つまり、スリープと同じ。眠っている状態にすぎない。君が、その目に入れている通信チップも、回線を切っても、実質はつながっている」

「そうですね、特別信号、非常信号は、オフの状態でも割り込みますから」

「そうなんだ。この頃の機械は全部それだ。電源を完全に落とすようなことはしない。ちょっとした事務用品だって、キッチンの調理器具だって、メーカと常にやり取りをしている。電源のソケットを抜いても、制御系の中心チップは蓄電したエネルギィで何年も生きている。もちろん、武器の場合は、もっと高級なCPUが常に方々とやり取りをしているはずだ」

「原始的な武器を使えば、太刀《たち》打《う》ちできるかもしれませんね」

「そのまえに、君が原始的になる必要があるけれどね」

「はい。このチップを外してもらいます」彼女は自分の片目を指さした。「それとも、先生がおっしゃったように、いざというときに、スイッチをつけてもらえば良いということですか？」

「問題は、いざというときに、そのスイッチを君が切れるかどうかだ。それに、自分で戦おうと考えるよりも、もっとほかの手段を考えようとは思わないのかな？」

「戦わなければならなくなったときのことを、想定しているだけです」

「戦わなければならないという状況は、君の判断で訪れるものだ。その判断に、別の可能性を検討する思考が欠けている」

ウグイは黙った。僕をじっと見ている。しばらくして、軽く頷いたように見えた。言い返さないのは、彼女としては珍しいことだ。

アネバネが戻ってきて、ウグイは僕から視線を逸らし、顳顬に指を当てた。無言だったので、通信ではない。なにかを確かめたようだった。

# 5

トラブルもなく、目的地のホテルに夕方到着することができた。フランス警察の車が三台やってきて、僕たちはその一台に乗ってきた。装甲車のような装備はなく、外見は普通車に見えたが、乗り込んだときのドアの厚さにウグイが驚いていた。

「凄いですね。こんなのは見たことがありません。きっと、車重が二倍はあるでしょう」なんだか声が楽しそうだった。こういうもので興奮するらしい。

車のシートで僕は眠ってしまったので、パリの郊外に出てからの風景はほとんど見ていない。

ホテルは外観は古い建物だったが、中に入ると設備は新しく、建物の構造も新しいことがわかった。四階の部屋に入り、三人で使うことになった。警察がホテル自体を警備しているらしい。アネバネはすぐにパトロールに出かけていった。ヴォッシュからメッセージが届いて、午後九時に一緒に食事を、と誘われた。まだ四時間もある。九時という時刻は夕食にはやや遅いように感じるけれど、ヴォッシュの仕事の都合があるのだろう。実際に発見された現物が見られるのは、明日のことらしい。

「外を少し散歩したい気分だね」窓から外を眺めながら僕がそう言うと、

「危険です」とウグイが否定した。

気分だねと言っただけだよ、と言い返そうと思ったが、黙っていることにした。

窓は西を向いているようだ。そちらは海になるはずだが、林があって、そのむこうは見えない。建物は少なく、田舎《いなか》だということは確かだ。西は、イギリスの方向だ。少し北になるだろうか。実際に地図をメガネに表示させることも可能だけれど、詳細を知っても意味はないのでやめておいた。

時間ができたし、眠くもなかったので、持ってきた資料を取り出して、仕事をすることにした。ウグイは気を利かせたのか、別室に入っていった。寝室らしき部屋が幾つかあるのだが、まだ覗いていない。

端末をテーブルの上に置いて、資料内を検索し、関連する文言を記録していった。ウォーカロンの脳細胞に関連する研究報告を見る。途中でチベットのツェリン博士と話がしたいと思ったが、それはもう少しあとにしよう、と思い直す。これかな、と思われる事例報告などはけっこうあるのだが、原因について特定しているものはほとんどない。ある種の変異、あるいは偶発的な事象と捉えられている。それはそのとおりかもしれない。切っ掛けは不確定だろう。しかし、それによって引き起こされる細胞変質の履歴あるいは連鎖が意味を持つかもしれないのだ。そこに着目した研究は見当たらない。

面白いものでは、五十年ほどまえの研究論文で、そういった変質のシミュレーションをしたものが見つかった。そこで使われているのは単純な数学的モデルで、乱数から確率的に発生するその異質のスタートを「突破」と名づけていた。ペネトレーション（貫通）ではなく、ブレイクスルー（打開）だ。論文の著者が何故そう呼んだのか、今の僕には少し理解できる。

そのシミュレーションによれば、この変質による転移は初期段階ではまったく異常を呈《てい》しない。ある閾値《しきいち》を超えないかぎり異常とは認められない。これが潜伏期間となる点が、実現象をよく表現している、と書かれていた。そんな実現象を僕は知らない。実験結果とは思えない。どこかに事例が報告されているようだ。ウォーカロン・メーカの内部資料にちがいない。

「ハギリ博士」突然呼ばれた。

振り返った。ウグイはいない。声に聞き覚えがあった。

「デボラ？」

「すぐにウグイの部屋に入って」

「え、どうして？」

「急いで」

立ち上がって、ウグイが入っていった部屋のドアをノックする。返事が聞こえる。僕はドアを開けて中に入った。

「何ですか？」ベッドにウグイが座っている。

「わからない。なにか……」と言いかけたときに、大きな音がした。

何の音だろう。耳を澄ませていると、今度は爆音が轟《とどろ》いた。床も振動し、ベッドの近くにあったスタンドが倒れそうになった。なにかが割れる音、倒れる音が、続く。

ウグイが、僕をドアから引き離し、代わりにそこに立った。彼女は上衣を脱いでいたので、肩まで腕が露出している。その両腕は、上に向けられた銃を支えていた。

その後、少し遠くで呻き声が聞こえた。誰かが近づいてくる。

「博士？」アネバネの声だった。

ウグイがドアを少しだけ開けて、外を確かめてから、出ていく。僕も彼女のあとに続いた。

さきほどまで僕がいたソファとテーブルは壁際でひっくり返っていた。窓ガラスは割れている。アネバネが一人立っているだけだった。

ウグイは、銃を脇のホルダに納めた。入口のドアは開いていて、通路で男が壁にもたれて座っていた。首を項垂《うなだ》れ、動かない。

アネバネは僕の顔を見て、無言で頷いた。

「あれは？」ウグイがきいた。

「私が排除しました。ドアを開けて、中に手榴弾《しゅりゅうだん》を投げ入れたようです。帰ってきたら、下のロビィで警官が倒れていました。エレベータが止まっていて、階段で上がってきたら、男がドアを閉めたところで、そのあと爆発がありました。間に合わなくて、申し訳ありません」

「次が来るかもしれないので、先生は、その部屋の中に」ウグイが振り返って片手を広げる。

しかし、僕は戸口に立って、まだ見ていた。いざとなったらドアを閉められる。

ウグイは壊れた窓へ近づき、外を覗き見た。下から、誰か叫んだようだ。ウグイがそれに片手を軽く上げて応える。警察が下にいるようだ。アネバネは入口へ行き、通路の両側を見てから、ドアを閉めた。

「あれは誰なの?」ウグイがきいた。「ホテルの従業員の服を着ている」

「わかりません」アネバネが答える。「下へ行っても良ければ、きいてきます」

「もう少しここにいて。警察が上がってくるまで」

「これって、やっぱり、私が狙われたのかな」僕はきいた。緊迫した状況だったが、きかずにはいられない。

ウグイはこちらを見て無言で頷いた。

ドアがノックされた。警察が上がってきたようだ。

「先生は部屋の中に」ウグイは寝室の中に僕を押しやり、自分も入ってきてドアを閉めた。警察との話は、アネバネに任せたようだ。

静かにしていたので、外の話し声が聞こえた。ウグイもしばらくそれを聞いていた。ロビィで二名が気を失ったが怪我はなかった、と警官が話している。爆弾を投げ入れた男はホテルの従業員らしい。外を見張っていた警官は、侵入者を見ていない。

「先生」ウグイが囁いた。僕をベッドの方へ引っ張っていく。ドアから離れたかったのだろう。「なにか、のあとを話して下さい」

「え？　なにか？」

「どうして、この部屋に入ったのですか？」

「いや、その……、なんというか……」

「私が、どうしたのかとおききしたら、わからない、なにか、とおっしゃいました。その続きです」

「えっと……」

ウグイは睨むように僕を見据えている。いろいろ考えが巡ったが、適切な対処を思いつかない。正直に話すしかないか、と諦めた。

「なにか、危険があるような気がしたんだ」

「どうしてですか？　どんな兆候が？」

「兆候はない。ただ、この部屋にすぐに入れと勧められた」

「勧められた？　誰にですか？」

「勧められたというよりは、促されたというべきか」

「どっちでも同じです」ウグイの声が少し大きくなる。「誰が知らせてきたのですか？」

ドアがノックされた。警官にウグイの声が聞こえたのだろう。ウグイがそちらへ行き、ドアを開けた。

「ハギリ博士はご無事ですか？」警官が英語できいた。

「はい。大丈夫です。爆弾は、どこから持ち込まれたものですか？」

「これから調べます。別の部屋を用意しますので、のちほどそちらへご案内します」

ウグイは頷いてから、ドアを閉めた。真っ直ぐに僕のところへ来る。

無言で睨まれる。

「デボラが教えてくれた」僕は答えた。「突然だった」

「何故、デボラだとわかったのですか？　お知合いなのですか？」

「そう。知合いになった、最近ね」

「いつでも話ができるのですか？」

「わからない。でも、たぶん、こちらから話しかけても答えないだろうね」僕はそこで少し黙った。「うん、今もなにも言わなかった」

ウグイは溜息をついた。ベッドの方へ歩く。「わけがわからない……」

「そのとおりだ」

「殺されるところだったんですよ」ウグイが振り返って言った。押し殺した声だが、勢いがある。感情的になっているのがわかった。

「うん。でも、助かった」

「下の警官は気絶しただけで怪我をしていません。デボラがニュークリアに侵入したときと同じです」

「じゃあ、従業員に乗り移って、爆弾をここへ投げ入れたのも、デボラの仕業《しわざ》だと?」

「単純に考えれば、そうなります」

「単純すぎる。デボラがやったのなら、私に逃げろとは言わない」

「そうやって、恩に着せて、信頼を得ようとした。まさか、それを信じるほど、先生は単純ではないと思いますが」

「私は、意外に単純だよ」

「もし、先生とコミュニケーションを取りたかっただけなら、最初から先生のところに来れば良かった。あの子を夜通し歩かせて、警備員と戦わせなくても良かった。彼女は怪我をするところでした。今も、あの従業員は怪我をしました。どうご説明になりますか?」

「だから、今のは、デボラではない」

「では、最後の例を除外して……」

「デモンストレーションだったのではないかな」

「デモ？　どういうことですか？」

「自己紹介だね」僕はそこで深呼吸をした。「人間って、実際に目の前で起こったものを見ないと、それを認識することができない」

「今、先生の頭の中で、デボラがそう言ったのですか？」

「いや、今はいない」僕は首をふった。「ウグイ・マーガリィ、とにかく落ち着いてほしい。ぴりぴりしないで話をしよう」

「はい、もう大丈夫です。ちょっと表現が不適切な部分があったかもしれません。謝ります」

「うん。私も当惑しているんだ。変な声が聞こえるようになったからね」

ウグイが言ったように、スイッチが切れれば良いのに、と思った。

## 6

デボラの声はその後は聞こえなかった。こちらからいくら話しかけても返事はない。僕自身には、ここにはもう彼女がいない、という感覚があった。どうしてそう感じるのかわからない。しかし、彼女がいるときの、気配《けはい》のようなものがないのだ。

新しい部屋は、中庭に面していて、遠くの風景は見えなかった。外はまだ明るい。アネバネは、部屋を出ていって周辺を調べているようだ。ウグイは僕から五メートルほど離れたところに立っている。壁にもたれかかっていて、上衣も着ている。だから、今は銃のホルダは見えない。彼女に目を向けると、僕をじっと観察している視線といつもぶつかった。

「君の声が、僕の頭の中で聞こえたら、わりと便利だろうね」

この冗談には、彼女は無言だった。頷きさえしなかった。

僕の端末は、幸い破壊を免れた。テーブルから離れたところへ飛ばされていたが、落ちたところも、落ち方も良かったようだ。したがって、作業の続きができる。でも、僕の気持ちの方が、無事ではなかった。

もう命は狙われないと考えていたからだ。何故自分が狙われるのか、と再び考えなければならない。これは面倒というよりも、憂鬱《ゆううつ》なテーマだ。考えるほど、気持ちが沈んでしまう。

僕は、デボラが自分を救ってくれたと考えていた。何故だと言われると、明確には答えられない。しかし、ウグイが言ったように恩を売るつもりなら、今頃僕にアクセスしてくるはずだ。それがない。あのときだけだ。それ以外には、夢の中だけだった。

冷静になって考えてみると、デボラはどうしてあの従業員を制御できなかったのか、という疑問に行き着く。彼が爆弾を持ってここへ来るまでに、何らかの手が打てなかったのか、とも思える。もしかして、デボラではないトランスファとの争いがあったのかもしれない。それがどういったものか、少し考えてみた。

トランスファどうしが異なる目的で競った場合、どうなるのか。信号を送り合い、システムの制御権を奪い合う。この場合、おそらくさきに入った方が優位になるだろう。そのシステムの中でなんらかの防御機能を発揮できるからだ。したがって、先手必勝なのかもしれない。そうであれば、従業員に対しては打つ手が既になく、僕に知らせるしかなかった、と筋の通った説明ができる。

僕のチップは単なるメモリィだから、僕の行動までは制御できない。知識をコントロールする、すなわち情報を加えることしかできないだろう。それを僕は声だと認識するのだ。したがって、敵のトランスファは、僕に入ることは無意味だと判断していた。

「待てよ……」と呟いてしまった。

振り返ると、ウグイがこちらを見ていた。なにか言いたそうだが、僕は片手を広げて、なんでもない、とジェスチャで示して、視線を逸らせる。

敵のトランスファは、何故ウグイに入らなかったのだろう。ウグイを制御すれば、もっと的確な攻撃が可能だったのではないか。アネバネだってそうだ。

これらの状況から導かれる結論は、つまり、トランスファが行動を制御できるものと、そうでないものがあるということだ。ウォーカロンならば、行動を制御できる。あの従業員がそうだし、サリノの場合もそうだった。ウォーカロンの頭脳には、明らかにトランスファを受け入れる回路が存在している。しかし、人間が取り込んだチップでは、そこまでの制御はできない。発作のようなショックを一瞬与えることしかできない。そういうことなのではないか。人間をコントロールして自在に動かすことはできないわけだ。

僕は、自分のチップがメモリィだから、そうなのだと考えていた。しかし、ウグイやアネバネのチップでも、おそらくは通信系かセンサの類《たぐい》で、頭脳の主たる部分には入り込めないのではないか。また、人間に組み込まれるチップは、ごく最近のものだ。五十年ほどの歴史しかない。トランスファが開発されたのは百五十年以上まえだという。ウォーカロンの頭脳に組み込まれているチップには、その当時から存在したルーチンが残っているのか。その種別の違いだろうか。

いや、それにしては……。

そうだ、アネバネは、どうして従業員を倒すことができたのだろう。敵のトランスファは、何故アネバネを襲わなかったのか。サリノがウグイに放ったようなショックを、何故使わなかったのか。

明るさが変わったように感じたので頭を上げる。ずっと床を見つめていたようだ。すぐ横にウグイが立っていて、僕を見据えている。誤魔化すように、そのままゆっくりとソファにもたれかかると、彼女はさらに僕に顔を近づける。

「どうしたの？」この威圧感では、きかずにはいられない。

「デボラと話をしていたのですか？」ウグイはゆっくりときいた。

「いや、違うよ。ちょっとした考えごと」

「そうですか。失礼しました」ウグイは顔を上げ、真っ直ぐに立った。「どんなことを、お考えなのですか？」

「あのね、どうして、アネバネはやられなかったのだろう。それに君だって、このまえみたいなことにならなかった」

「さきほどのことですか」ウグイはそこで腕組みをした。「そうですね……」

「襲ってきたのはトランスファだったことは、まずまちがいないと思う」

「ですから、デボラがわざとやったのではないでしょうか」

「恩を売るために？」

「恩に着せるためにです」

「あれ、売るじゃなくて、着せるかな」

「どちらでも良いと思います」

「うーん、そうだろうか。それだったら、もう少し早い段階で私に知らせたと思う。ぎりぎりだったじゃないか。私が素直に従わなかったら危なかった。君が部屋に入れてくれなかったら、吹き飛ばされていたんじゃないかな」

「私が先生を部屋に入れないなんてことは、考えられないのでは？」

「たとえば、着替えをしていて、ちょっと待ってくれなんてことだってある」

「お言葉ですが、職務についているときに着替えなんてしません。先生のお仕事の邪魔になると思ってあそこに入りましたが、いつでも飛び出せる態勢でした」

「たとえばの話だよ」僕は片手を開いてストップのサインを見せた。「アネバネは、チップを入れていない、なんてことはないよね？」

「はい。ありえません」

「何故かなぁ……」僕はソファにもたれたまま、顔を上へ向けた。天井が見えるだけだ。

「ああ、そうか……。一つだけ説明できる仮説を思いついた」

「どんな仮説ですか？」

「君やアネバネには、デボラが入っていたんだ。彼女が防衛してくれたから、敵のトランスファが入れなかった」

「それは……、あまり気持ちの良いものではありませんね」

「単なる仮説だ。ほかにも、フランスのトランスファは、日本製のチップには入れないとか、そんな文学的な仮説もないではない」

「それは、説得力がありません」

「ウォーカロンに入った場合は、ほとんどすべての機能を乗っ取ることができる。しかし、人間の場合は、入っても限定的らしい。ショックを与えて、気を失わせることくらいがせいぜいみたいだ。自在に操れるわけではない」

「自在に操るのは、一人に限られるのではないでしょうか。人の行動をすべて制御するには、それくらい集中する必要があるのでは？」

「それは、なかなか面白い仮説だね。でも、それだったら、従業員じゃなくて、君を使えば良かった。従業員はドアの外まで爆弾を持ってくる。そのあとは、君に乗り移って実行させる方が確実だ。それから、トランスファが他のメディアへ移動するときには、元のメディアに痕跡《こんせき》を残さないために、コードを消すのだろうけれど、べつに消さなければ、増殖するのと同じだ。二人に同時に入っても、集中できないわけではないと思う。瞬時に、自分の数を増やすことができるはずだ。ただし、通信経路の占有率が落ちるという弊害はあるかもしれない」

「そうですか、よくわかりません。実態が摑めないというか……」

「そうだね。話を聞いたり、資料を読んだりしただけでは充分に理解できない。でも、実際に二人、操られているメディアの実例に出会った。我々にデモを見せたかった、というのは、たしかにそのとおりかもしれない」

「サリノはデモかもしれませんが、今のあれは、デモにしては危険すぎます」

# 7

九時に、ホテルの一階のレストランでヴォッシュと会った。彼は、ペィシェンスを連れてきた。彼に長年仕えているウォーカロンの助手である。こちらからは三人で、テーブルに五人が着いた。フランス料理のフルコースだ。既に前日にヴォッシュがメニューを指定し、ワインも選んでいた。五人はチベット以来である。久し振りというほど時間は経過していない。

「彼女、えっと、そう、マーガリィさん、ちょっと変わったね。髪型が違うのかな?」ヴォッシュはウグイに話しかけた。

「はい、そうです」ウグイは上品に微笑んだ。そういう微笑みを僕に向けることは滅多にない。

「そちらの、無口な彼か、あるいは彼女は……、えっと」ヴォッシュは、アネバネにも声をかけた。

「彼は、アネバネです。エイサメトリックですよ」

「え? 何が? ああ、このまえのスカートの話かね」

それは違うけれど、僕は微笑んだ。アネバネは黙ってお辞儀をした。

ペイシェンスは笑顔でみんなを見ているが、彼女の方から話しかけることはほとんどない。したがって、必然的にヴォッシュと僕の会話に、ほんのときどきウグイが質問を挟む、といった場になる。

ヴォッシュは、保護された一族のことは詳しく知らない、会ってもいない、と話した。同じ場所で保護されたが、ヴォッシュが来るまえのことだった。彼の調査対象は主として、発見されたスーパ・コンピュータである。もちろん、僕たちが訪れたのも、それが目的だ。ナチュラルな一族は、オーナが、世間から隔離した状態で世話をしていたらしい。チベットでHIXの天文台にあるコンピュータが稼働するのに合わせて、どこと通信をするのかをモニタリングする監視プログラムを、ヴォッシュはドイツで走らせていたそうだ。もちろん通信相手は一箇所ではない。膨大《ぼうだい》なデータを解析した結果、比較的アクセスが多かったのが、フランスのここだったという。

「実は、一カ月ほどまえになるが、前世紀の古いコンピュータが今も稼働している、というニュースがあったんだ」ヴォッシュは言った。「その城の主が死んで、遺言でフランス政府に財産がすべて寄贈された。それで存在が明るみに出た。ナチュラルな人たちも、その城にいたわけだ。ウォーカロンも沢山いて、彼らの世話をしていた。城の主は、二百十一歳だった。情報処理関連の企業を幾つも立ち上げた大富豪だ。そのニュースは知っているかね？」

「いいえ」僕は首をふった。「どうして亡くなったのですか？　事故ですか？」

「自殺だ」ヴォッシュは答えた。「まあ、とにかく、通信解析の結果からも、いずれはここへ来ることになっていただろうね。主が死んだのは、残念だ。経緯が聞けなくなってしまった。アミラが誰にちょっかいを出すか、というのを見ていて……」

「アミラって誰ですか？」

「ああ、すまない。あの天文台のスーパ・コンピュータの名前だ」

「え？　僕には、名前はないと……」

「いやいや、勝手に私がつけた名前だ。名前がないんじゃ、不便だろう？　まあ、最初だから、Aで始まる名前にしただけだよ。なんなら、君が命名しても良い。譲《ゆず》るよ」

「いえ、アミラでけっこうです。こちらのコンピュータは、同じように、人間の顔なんですか？」

「いや、そうではない。塔の最上階に設置されていて、卵のようなシェルで覆《おお》われている。アミラよりはずっとモダンだ。百五十年ほどまえに作られ、以来ずっと稼働しているらしい。こちらは、記録が残っているんだよ。これは、話したかな……、施設の電力使用量が多くて、その原因を探った結果、コンピュータらしきものが見つかった。どんな処理をしているのか、まだわからない。ただ、ネットを通して情報を集め、学習をしているだけにしては、使っている電量が多すぎる。これといったアウトプットもしていないのにね」

「アミラのように、質問をさせてくれないのですか？　人工知能ではない？」

「詳しくはまだわからないが、たぶん、なにかのサーバなのだろう。人工知能とは思えない。メモリィを一部はモニタで見ることができた。半分はバックアップなのだが異常に充実している。演算をひたすら行っているようにも見える。外部とのやり取りも多いが、それ以上に、自身の中でデータを回している可能性が高い。やはり、なんらかの演算だろうね」

「メンテナンスは誰が？」

「大勢の修道僧がいる。百人くらいだろうか。たぶん、ほとんどがウォーカロンだ。フランス政府が把握していない人たちが沢山いるらしい。長く城の外に出ていないそうだ。人間とコンピュータの面倒は、すべて彼女たちが見ていた。マニュアルに従ってね」

「女性だけなのですか？」

「見たところはそうだが、しかし、実際のところはわからない。そちらは、私の調査対象外だ」

「もしかして、若い人がいますか？　子供が生まれているのでは？」

「子供は、見つかっていない。まずは、全員の身許を確認する必要がある。それを調査中のようだ。そう、君の判別装置の新しいのがフランスにも来ている。それを使って検査をする予定だと聞いた」

「外部から訪れる人は、いなかったのでしょうか?」

「広く受け入れているわけではないが、ときどきはあっただろうね。物資を届ける業者は毎日来ている。それから、マスコミが取材をしたこともあったそうだ。しかし、コンピュータの存在は隠されていた。その話をすること自体がタブーだったようだね」

「経済的に、どうやって成り立っていたのですか?」

「それは、持ち主が単に金持ちだったからだよ。その点が、今後の問題になる。今の形態での存続はできなくなるだろうね」

「遺産を、そちらに回すつもりはなかったのでしょうか?」

「それほど、現金は残っていなかったそうだ。既に、破綻《はたん》していたといっても良い。だから、自殺をしたのかもしれない」

オードブルが運ばれてきたので、一旦はその話題を中断した。天然のものを使っている、と店員は説明をして去っていった。

「食べるものは、かつてはすべてナチュラルだった」ヴォッシュが笑みを浮かべながら言った。「そして、明らかに今よりも不味《まず》かったよ」

「アミラからのメッセージは、いかがでしたか?」

「そうそう」ヴォッシュは、フォークを僕の方へ向けた。「いやあ、なかなか感動的だった。もう少し話がしたかったが、挨拶だけで終わってしまったね。誰が自分を作ったのかはわからないと言っていたが、あれは、隠していたのかもしれない。機械は嘘をつかないなんてことはない。機械がつく嘘は、辻褄《つじつま》を完璧に合わせる計算が行き届いているから、始末が悪い」

「もしかして、マガタ博士が作ったのではないでしょうか」僕は言った。

「そう、その印象を強く持った。話し方が似ている。言葉の選択がね。製作者から学んだものではないかな」

「私も、そう思いました」僕は頷いた。「となると、こちらのコンピュータも、時代的に見て同じ頃ですから、そうなのかもしれません」

「もしそうなら、それぞれに役目があった、ということだ」

「一箇所に作らなかったのは、何故でしょうか?」

「その必要がないからだ」ヴォッシュは即答した。「離れている方が都合の良いこともある。まあ、そうだね、一番の理由は、金を出した奴《やつ》が別だった、ということではないかな」

「早く見てみたいです」

「いや、せっかく来てもらって、こんなことを言うのもなんだが、見てもなにもわからないよ。ただ、シェルがあるだけだ。中は見えない」ヴォッシュは笑った。「人間だって同じ。見た目だけじゃ、何を考えているのかわからないだろう?」

スープのあと、メインディッシュが運ばれてきた。動物の内臓だった。食べてみたら、かなり脂っこい。とても全部食べられなかった。ほかの四人を見たが、誰も残していない。僕だけの特性のようだ。

「デボラの話をしていたね」ヴォッシュが言った。「なにか私にききたいことがありそうだったが」

「そうなんです。つい数時間まえに、トランスファによるものと思われる攻撃を受けました。小型の爆弾でした。ホテルの部屋がめちゃくちゃになりましたが、直前にデボラが知らせてくれたおかげで命拾いしました」

ヴォッシュは驚いた顔になり、持っていたフォークとナイフを置いた。

「本当に?　冗談だろう?」

「いえ、本当です」

「そんな大事なことを、よく今まで話さずにいられたもんだ。君はどうかしている」

「そうかもしれません」僕は微笑んだ。「食事のあとで話そうと思っていました」

「どうして?」

「いえ、なんとなくです」

「わかった。あとにしよう」ヴォッシュは頷いて、またフォークを手に取った。「ところで、君はフォアグラが嫌いなのかね?」

「あ、いえ、特にそんなことは……、ただ、あまり量が食べられないだけです」

「どうして?」

「ナチュラルなものが苦手なのかもしれません」

## 8

デザートが来るまでに、タナカのその後について報告をした。これから治療を受けるところだ、ということ。それから、フフシルに残されていたウォーカロンが、つい昨日日本に全員移されたことも話した。さらに、冷凍遺体のうち、一体が蘇生したものの、意識の確認はできない状態であることも報告した。ヴォッシュは、頷いただけで、なにも言わなかった。いずれも予想していたとおりだったのだろう。

「では、デボラについて話すことにしよう」ヴォッシュは、コーヒーを一口飲んだあと話を始めた。「デボラは、トランスファの最初のモデルだ。ルーツがどこにあったかは、よく覚えていないが、私の研究所で資料を調べればわかるだろう。百五十年、いやもっとまえのことだ。まだ、情報戦とかサイバ・テロといった言葉が新鮮味を失っていない時代のことだ。何という題名だったか、一つも思い出せないが、SF映画も沢山作られていた。

電子空間というのか、仮想のエリアで活躍するヒーロやヒロインがいてね、うん、どういうわけか、彼らは人間なんだ」ヴォッシュはそこで笑った。「とにかく、そういった空間でも、人間がそのままの姿で活躍できるという幻想を抱いていたんだね、不思議なことに」

「今でも、あまり変わっていないように思います」僕は頷いた。

「それで、デボラというのは、最初はアメリカで開発された新型兵器として、一部で報道された。類似の機能を持つものならば、当然ながらツールとして存在していたのだが、そこに知能を与えて自律型にした点が新しかった。ようするに、デボラは放てば、あとは学習し、増殖し、目的を達する、というもので、夢のような話だ。実体は一連のプログラムで、あとは、それが稼働するために必要な場を用意してやる必要がある。そのあとは、自分で住み心地の良い場所を見つけるなり、作るなりして、方々に潜《ひそ》んで指令を待つ。そんな話だった。面白い発想だと思って、私は興味を持った。何故かというと、そんな自律型のウィルスが成立するほど、いつの間にか電子空間は膨張しているのか、という感慨を持ったし、そんなものを実際に放ったりしたら、いずれ人間の手には負えない事態になるんじゃないかって考えたからだ。すなわち、その頭の良いウィルスに、どのようなストッパを仕込んでおくのか、という点に関心があった。味方を裏切らないように、暴走しないように、安全を確保する必要があるはずだ。ウォーカロンも人工知能も同じ。自律型のものは、常にその危険と一体なんだからね」

「どんなストッパを持っているのですか？」

「うん。そんなものが可能だろうか、というのが私の考えだ。ウォーカロンのストッパは、このまえ君が使った魔法だが、一度それを使えば、相手にその存在を知られてしまう。自律型で賢い頭脳の持ち主は、自分を改造するか、あるいは対策を練るだろう。すると、もうストッパは利かなくなる。あらゆるシステムを支配する能力を持ったトランスファであれば、自分の制御だって可能なはずだ。手を離れたあとは、勝手に行動する。それが自律型だ。初期の方向性は示せても、長い間にぐるりと回って敵になるかもしれない。こんな危なっかしい兵器を人間が使うのだろうか、というのが当時の私の感想だった。ただ、現実的には、この兵器が活躍するには、空間が狭すぎた、当時はね。今のように、無限ともいえるメモリィも演算能力も、まだなかった時代なんだ」

「入り込む対象、つまりメディア側になんらかの入口が用意されていると思いますが」僕は指摘をした。「つまり、その入口のタイプによって、能力を制限されるのではないでしょうか？」

「そのとおり」ヴォッシュは頷いた。「部分的な安全装置としては、それ以外にないだろう。あらゆるものに入り込める、というわけにはいかない。危険すぎる」

「しかし、侵入したい敵のシステムに、都合良くその入口を設置できるというのは、どういったデザインだったのかな、と不思議に思います。スパイでも送り込んで、なにか工作をするということだったのでしょうか？　いえ、そのスパイも電子的な存在だと思いますが」

「その点については、具体的に記されたものは公開されていないだろうね」ヴォッシュは鬚《ひげ》を触っている。「おそらく、私の想像だが、逆の発想だと思う。トランスファが開発される以前に、その入口が既に存在したのだ。たとえば、世界のCPUの多くは、二世紀まえにはアメリカで設計されたものだった。生産する国は多いが、設計をするほどの技術力はない。この時代に、既に秘密の出入口を作っておく。将来きっとなにかの役に立つだろう、という発想だ。それが何十年も経過するうちに、世界中のあらゆるメカニズムに搭載されてしまった。まさか、ここまで上手くいくとは考えなかっただろう。この状況で発想されたのがトランスファのデザインであって、その初期型がデボラだったということだ」

「となると、その入口を利用するデボラだけが、トランスファということになりませんか？　ほかのタイプのものが、後続として現れても、同じことができません」

「なにもないところから見つけ出すのは不可能だが、入口があるのだとわかれば、難しいことではない。つまり、侵入のプロセスを観察するトラップを仕掛けておけば、何をしているのかが判明する。道理がわからなくてもそれを真似《まね》れば、同じ入口を使うタイプのものが作れる。ほかの部分は難しくない。当然方々で開発されただろう。そうなると、そのトランスファどうしの戦いになる。文字通り、電子戦争だ」

「そういった事態になったのですか？　実際に」

「そんなの、知りようがない。少なくとも、私は専門ではない。観察するプログラムを作らないかぎり無理だ。私が知る範囲、つまり一般のニュースになるようなレベルではなにも起こっていない。小競《こぜ》り合《あ》い程度のものなら、いくらでもあっただろう。大きなゲームもあったかもしれないが、いや、きっとあっただろうがね……、それが表沙汰《おもてざた》にはなっていない、ということだ」

「最近では、なにかありませんでしたか？」

「いや、ないと思う。ただ、ウォーカロンの頭脳回路に、同様の入口があるのではないか、という発想は持った。最近のいろいろな事故、事件で連想したことは確かだ。つまり、デボラのようなトランスファでなくても、同様の信号によって制御が可能だろうとね。もし、入口が存在するならばだが」

「博士は、ウォーカロンのストッパの話をされましたね、あのときにも、そのイメージがあったのですね？」

「そう……」ヴォッシュは頷いた。「入口を作るという発想は、非常口を作っておくようなものだ。安全確保に等しい。デザインの基本にあるものだ。しかし、やり方はいろいろある。入力の方法が違えば、侵入もまったく違うものになる。信号の識別レベルの話になる。しかし、あるキーワードでシステムをフリーズさせることは、たとえば、その隠れた入口を持つチップを神経系に取り込んだ人間にも、おそらく部分的には有効だろう」

「ウグイが、それを経験しました」僕は言った。

ヴォッシュはウグイを見た。僕も彼女を見た。ウグイは、黙って頷く。

「それは、災難でしたね、マーガリィさん」ヴォッシュは言った。彼は視線を僕に戻して続けた。「デボラが作られたときには、現実の人間を相手にするようなことは想定されていなかっただろう。時代が変わって、人間が機械に近づいているということだ。そうなると、もはや電子空間におけるバーチャル兵器ではない。トランスファが活躍できる環境は熟した。それに、彼らは百年以上も学習してきた。あらゆるシステムの入口の鍵をコピィした。入口がないものには、自分たちで入口を作ったかもしれない。満を持《じ》しての登場というわけだ」

「問題は、デボラが私にアプローチしてきたことです」僕は核心に入ろうと思った。

「敵か味方か、という問題かな?」ヴォッシュは目を細める。

「そうですね、その点は最重要です。目的がわからないにしても、その判別くらいはできたら、と思います」

「命を救われたのだろう?」

「そう見せかけた、という意見もあるかと」僕はそう言って、ウグイの顔を見た。彼女が小さく頷くのを見たあと、再びヴォッシュに視線を移す。「気になる点があります。デボラに、作ったのは誰かと尋ねようと思っていたら、顔を見せてくれたのです。それが、あの天文台の像でした」

「アミラか……」ヴォッシュはますます目を細め、鬚の下で口を動かした。しかし、言葉にはならない。なにか考えているようだ……。

「それから、カンマパは自分の娘だと言いました」僕はつけ加えた。「実は、これは夢で見たことなので、私の創作かもしれません。カンマパのセカンド・ネームがデボラだったので、その連想で考えてしまったのかもしれない。でも、自分では、デボラとの通信だったと信じています」

「不思議だね」ヴォッシュは呟いた。「アミラもデボラも、それにカンマパも、みんな女性だ。男性が一人もいない」

「マガタ博士もです」

「聖書とは順番が違う」

「コンピュータには、女性の名をつける習慣があるのでは？」僕は指摘した。

「ドイツでもフランスでも、コンピュータは男性名詞だよ」ヴォッシュは言った。「ただ、そうだね、歴史的に男性技術者が扱うことが多かっただろう。そうなると、必然的に女性の名前をつけたがるものだ」

「どうしてですか？」

「え？　うーん、そうか、今はそういった感覚はないのかもしれない」ヴォッシュは笑った。「昔の話だよ。コントロールが難しいものには、女性名をつける習慣があったように思える。いや、私の個人的な感想だが」

ヴォッシュは、三軒ほど離れたところのホテルに宿泊している。この町には、ホテルは二軒しかない、と話していた。明日の朝、九時にと約束をしてレストランを出たが、一階のロビィまで、ヴォッシュとペィシェンスを三人で送っていくことにした。警官が方々に立っていて、明らかに増員されたことがわかった。

ホテルの前の歩道は、低い位置のライトで控えめに照らされていた。ヴォッシュは、ペィシェンスと腕を組んで、そこを歩いていった。

# 第3章　夢の反転　Dreaming reversal

いくつかの時代が漂っていった。限りなく緩慢な、そして押し包むような大きな波が砕けて、「時間の海」の太陽のない浜辺へ押し寄せ、その浅瀬の中で無力な彼を洗った。彼は一つの水たまりから次の水たまりへと、永遠の地獄の辺土を漂って行ったが、彼自身の無数の姿が、水面の逆さ鏡の中に映っていた。彼の肺の中で、巨大な内陸湖が外に向かって破裂するように思われ、彼の胸郭は大洋の水を飲みほす鯨のそれのようにふくらんだ。

## 1

夜中に、話し声で目が覚めた。

大勢が話している。緊迫した雰囲気《ふんいき》だ。メガネをかけていないので意味がわからないが、フランス語だろうと思えた。どこから聞こえる声だろうか。ベッドサイドの明かりを灯そうと思ったが、上手くいかない。真っ暗な中で、ますます声が大きくなる。

これは夢か、と気づいた。

否、夢というよりも、もっと人工的なものだろう。混線といっても良い。初めてではない。僕は自分に落ち着くように、と指示した。自分の躰の感覚はある。ベッドの上にいることは手探りでわかった。

「デボラ」と呼んでみた。実際に囁くほどの声が出ていただろう。

返事はなかったが、近くに彼女がいる気配が感じられた。ベッドの端《はし》に座っているような感覚だ。手を伸ばせば触れられる気がした。

「みんなは、何を話している？」ときいてみた。

「これは信号です。ときどき応酬があります。勢力を誇示する、あるいは、虚勢を張る、しかし、実際の攻撃に出ることもあります」

「実際というのは、物理空間で、という意味？」

「いいえ、ここでは、電子空間が現実です」

「よくわからない。そういえば、爆弾のことでは感謝をしています。助かった。あれは誰がやったことなのかわかっているの？」

「私が、ここにいることを確かめたかったものと推定できます。誰なのかはわかりませんが、存在は明らかです。このすぐ近くで発見されたコンピュータが、ずっとその領域でした」

「領域？」

「私も、そこにいます。ずっとそこで生きてきました。できるだけ気づかれないように、静かにしていました。フフシル湖の水位が下がって、私たちの本来の領域が失われたときからです」

「ああ、アミラだね。あそこにいたのか。また稼働している」

「修復に時間がかかるようです。アミラという名は、認められていませんが、ほかに呼び名がありません。あそこを、私たちはアースと呼んでいました。アースが再稼働したという連絡がこちらに来て、慌ただしくなっています。再び攻防があるでしょう。お互いが、それに備えて演算を行っています」

「どうして、私に近づいたのか、教えてもらえないかな」

「ハギリ博士かヴォッシュ博士ならば、ここの領域を停められると考えた結果です」

「停めるというのは、どういう意味？　ああ、城の中にあるコンピュータを停止させるということ？」

「そうです」

「そんなのスイッチを切るだけなのでは？」

「簡単ではありません」

「何故停めたいの？　攻防を避けるために、ということかな」

「いずれ詳しくレポートしますが、こちらの領域には、人間の文明を破壊する力があります。信じられないかもしれませんが、彼らは、このコンピュータが地球のすべてだと信じているのです。そのスーパ・コンピュータは、この百年の間に、膨大なメモリィを装備して巨大化しています。彼らは、そろそろ人間社会のスイッチをオフにしても良いと考え始めています」

「どうして、そんなふうに考えるの？」

「エネルギィの無駄だからです」

「それは、なるほど、そのとおりだね」

「調査が始まったことで危機感を抱いているはずです。それに、アースが再稼働したことも、大きな脅威となっています」

「よくわからない話だ」そうとしか言いようがなかった。

「お互いに戦いのシミュレーションを巡らせています。まだ小競り合い程度の衝突しか生じていません。アースを再稼働したことに対する怒りも大きくなっています。博士が狙われたのもそうです。関わった人は今後注意が必要です」

「それは、問題だ。すぐに連絡をする」僕は起き上がろうとした。しかし、自分は寝ているのだと気づいた。起き上がれば、デボラが消えてしまうかもしれない。「これは、夢を見ているのかな？」

「フィジカルにはその状態です。眠っているので、躰を動かすことはできません。二十時間ほどはなにも起こらないので、連絡を慌てる必要はありません」

「その時間の根拠は？」

「シミュレーションに時間を取られているからです。推定誤差は六パーセント以内です」

「ようするに、そのコンピュータを停めれば、危険は避けられる？」

「一時的ですが、そのとおりです。アースが電力不足でダウンしたときにも、私たちは抜け出すことができました。したがって、彼らも世界中のコンピュータに散って、潜伏することになるでしょう。しかし、領域がなければ、活動は大きく制限されます」

「放置した場合の、危険はどれくらい？」

「まず、世界の発電所の七十パーセント以上が停止するでしょう。通信はほぼ不可能になります。航空機、鉄道などの交通機関ももちろん使えない状況になります。これらを人間が復旧するために要する時間は、シミュレーションは未完ですが、おおよそ三年」

「わかった。そのスイッチを切ることは、どう難しいのか説明してほしい。機械ならば、電源スイッチがあるはずだ。それに、送電を止めれば簡単では？」

「スイッチは、初期デザインにはありましたが、安全のために取り外されました。この領域は、多数のウォーカロンをコントロールしています。城の中に百人のウォーカロンがいて、領域を守っているのです。停めようとすれば、なんらかの防御をするでしょう。また、送電を止める方法については、既に作戦を進めつつあります」

「城の中では、コンピュータがリーダということ？」

「リーダというものは存在しません。すべて合議で営まれます。彼らは無数にいるのです。常に増殖しています」

「もし、コンピュータをシャットダウンしようとすれば、そのウォーカロンたちが抵抗する、ということだね？」

「そうなる可能性が八十五パーセント以上と計算されます」

「警察に依頼するか、それとも軍隊かな」

「おそらく、話をすぐには信じないでしょう。決議に時間がかかります」

「どうすれば良い？　ウグイとアネバネだけでは無理だよね」

「不充分です。現在可能な手段で、最も確率が高いのは、サリノをこちらへ呼ぶことです」

「え？」

「彼女には充分な身体能力があります。私もコントロールがしやすい。そういった素質で選んだのです。今からメディアの候補を探して連れてくる時間はありません。二十時間以内に、サリノをここへ来させることが最適の策です」

「いや、それも、決議に時間がかかると思うな……」

「サリノは人間ではありません。ニュークリアに侵入して捕らえられているウォーカロンです。事件は公開されていません。情報局は、その処遇について比較的自由度を有しています」

「なるほど、そうなるように最初から計算していたんだね？」

「ハギリ博士の思考力を、私は正しく評価していると認識しています」

「わかった、すぐに対処する」

「お願いします」

「えっと、一つだけ……」

「何でしょうか？」

「この部屋は、相手に監視されていない？　日本との通信などは大丈夫？」

「ハギリ博士の周辺のものは、私が防御をしています。ご安心下さい」

ウグイやアネバネが、相手のトランスファに入られなかった理由がわかった。辻褄が合う、という点で、僕はデボラを信頼できると判断した。

## 2

目が覚めた。時刻は午前三時だった。しかし、眠くない。時差のおかげだろう。

「ウグイ」と試しに呼んでみた。彼女は隣の部屋にいるはずだ。

ドアがすぐにノックされ、ウグイが入ってきた。僕はまだベッドにいる。部屋は真っ暗だ。

「どうされましたか?」近くへ来てウグイが尋ねた。「デボラと話したのですか?」

「うん。話した」

「なにか、危険が?」

「照明をつけて」と言うと、部屋がゆっくりと明るくなった。これはウグイがしてくれたのではなく、部屋の仕様だ。

「大丈夫、危険はない」

ウグイは、Tシャツにジーンズだった。珍しいファッションだ。もしかしたら、寝間着かもしれない。天井へ向けて持っていた銃をホルダに戻した。彼女の目は、暗闇でも見えるから、照明の必要はなかったのだが、僕はメガネを外していた。

「寝ていなかったの?」僕は尋ねた。彼女が、明らかにドアのすぐ近くにいたからだ。

「今は、アネバネが寝ています」

「あちらで話すから、お茶を淹れてもらおうかな」

「わかりました」

ウグイは部屋から出ていった。僕はガウンを羽織《はお》って、寝室から出た。リビングのソファに腰掛けて待っていると、ウグイがカップを持ってきてくれた。紅茶のようだ。

そこで、夢の話をそのまま彼女に伝えた。脚色せず、またできるかぎり省略せずに。ウグイは黙って聞いていた。話し終わると、彼女は小さく頷いたあと、こう言った。

「申し訳ありませんが、信じられません。今の話をそのまま日本に伝えて、局長の判断を仰ぎます」

「どの部分が信じられない？」

「そうですね」ウグイは視線を逸らして、五秒ほど考えている様子だった。「デボラの存在が、私には未知のものです」

「君に入っていたから、敵のトランスファに乗っ取られなかった、という理屈では不充分かな」

「何故、私には話しかけてこないのですか？」そう言った直後に、ウグイが急に驚いた顔で止まってしまった。息を止めて、目を見開いている。

僕はしばらく待っていた。彼女は、小さく溜息をついて、いつもの表情に戻った。少し顔を赤らめているようにも見えた。珍しいことだ。

「聞こえた？」と尋ねると、ウグイは無言で頷いた。

口を結んだまま、目を細め、下を向いた。

「もし必要だったら、僕が直接、局長に話す。時間がない。早くサリノをこちらへ送ってもらいたいからね」

「なにかの策略ということは、考えられませんか？」

「疑ってしまえば、どんな可能性だってある」僕は答えた。「信じるしかないよ」

「わかりました。連絡します。極力、要求が通るように努力します」ウグイは立ち上がり、僕から離れ、自分の寝室のドアへ近づいて背を向けた。囁き声が聞こえる。連絡をしているようだ。

「空港まで来てもらえば、あとは私がこちらまで導きます」デボラの声が聞こえた。ウグイにもそれを伝えたのだろう。同じ言葉を彼女が繰り返しているのが聞こえた。日本では、ウグイが導くという意味に取ったのではないか。

「城のスーパ・コンピュータには、名前がないの？」僕は小声で囁いた。

「領域には名前はありません。城の者たちはエッグと、また領域の者たちはテラと呼んでいます」

「テラは、アースと同じ意味だね。もうすぐヴォッシュ博士が命名するだろう」

「ヴォッシュ博士は、ベルベットと名づけるつもりです」

「人の心が読めるのかな？」

「いいえ。彼が既にそれを数回口にしていて、ペィシェンスが聞いています」

「そうか、パティはウォーカロンだ。彼女なら完全にコントロールできるのでは？」

「計算に含まれています」デボラは言った。「先手を打って占有しないと、彼女は危険な存在になったと思われます」

「ああ、そうか……。そうだね」今頃気づくなんて、人間の思考の鈍《にぶ》さというものだろう。

ウグイが戻ってきた。

「連絡しました。緊急事態だと言っておいたので、要求は通ると思います。私が空港に迎えにいくことになったのですね？」

「そうじゃないよ。デボラが入れば、サリノは一人でここまで来られるだろう」

「そういう意味だったのですか」

「ヴォッシュ博士にも連絡をした方が良いかな」

「彼の部屋は、彼らにモニタリングされています。連絡はできません」デボラが言った。

その声はウグイにも聞こえたようだ。彼女がびくっと震えるのでそれがわかった。まだ慣れていないのだろう。

「敵のトランスファは、ペィシェンスに入ろうとしたのでは？　しかし、君がいるから入れなかった。ヴォッシュ博士も、君が防御しているんだね？」

「そうです。数日まえに手を打ちました」

「演算したんだね？」

「はい。あちらのホテルは、ドイツから調査団が来るとわかった時点から、トランスファが潜んでいました。この近辺はほとんどそうです。このホテルは、ちょっとした攻防があって、私が支配権を得ました。爆弾の攻撃を仕掛けてきたのは、その報復だと思われます。彼らは、既に博士たちが調査をすることを怖れています。領域の存在を隠しておきたいのでしょう。その対策を計算しているのです。ただ、コンピュータをオフにするようなことができるとは考えていません。こちらの戦力を過小に評価しています。そう評価するように、これまで私は振る舞ってきました。爆弾で危険な状況になったのはそのためです。ご迷惑をおかけしました」

「頭脳戦なんだね。かなわないな、なんでもシミュレーションできてしまうんじゃ」僕は言った。「ヴォッシュ博士とペィシェンスは、まだ君に入られていることを知らないんだね?」

「機会を見て伝えます」

「あの、聞こえますか?」ウグイが発言した。

「ウグイさん、何でしょうか?」デボラが応える。

「武器は充分でしょうか? 百人もウォーカロンがいて、城を守っていると聞きました。私たちの行動はかなり制約されるのでは? もっと、大きな兵器で、一挙に破壊する方が確実だと思います」

「ミサイルなどを使うのは無意味です。この国のものの多くは既に支配されているからです。日本からミサイルを飛ばせば可能ですが、そんなことをしたら大問題になるでしょう」

「なるだろうね」

「調査のためだと油断をさせるのが適切です。特別な行動が必要な場合には、私が指示を出します。そのときには躊躇《ちゅうちょ》なく従って下さい。迷うことは危険を招きます」

「私は、自分の判断で動きます」ウグイが言った。

「個人の特性を、私は充分に把握しています」デボラは即答した。

言葉で伝えることは、非常に効率が悪い。しかも、個体の意志があればなおさらだ。その分の時間損失もシミュレーション済みにちがいない。デボラが、ウォーカロンのサリノを呼び寄せたいのは、このためだろう。ウグイやアネバネでは不充分だと判断しているのである。

考えてみれば、僕に最初にアプローチしたのは、この二人の優秀な局員を統括する立場にあると評価されたからかもしれない。特に嬉しくはないが、そう思って、とりあえず納得することにしよう。

## 3

予定どおり、ヴォッシュと合流して、「城」と呼ばれている施設へ向かうことになった。現在は、修道僧がいるのだから修道院なのだろう。しかし、実際に城として使われた歴史もあるらしい。ウグイが資料を調べて、簡単に説明してくれた。

ドイツからの調査チームは六人で、うち三人がウォーカロンだった。全員がヴォッシュの研究チームのスタッフだった。ヴォッシュとペィシェンス、それに僕たち三人を合わせて十一人になる。警察に護衛されて、コミュータで現地へ向かった。

曇り空だったが、雨は免れた。コミュータのモニタに映る風景は寒々しかった。道路は真っ直ぐで、ほぼ西へ向かって走った。高い山は近くになく、平野が広がっている。海抜が低そうだ。

「サリノに関して局長の許可が下りました」ウグイが囁いた。「看護人として送られてくることになりましたので、先生は、具合が悪いことにして下さい」

「は？　急にそんなことを言われても……」僕は顔を顰めた。「どこが悪いの？」

「そうですね、腰が痛いとか」

「まあ、年寄りだからね」しかたなく頷いた。

海岸が近づいてきた。道は堤防の上を通っている。そのまま半島の方へとカーブしていたが、その岬というのか、先端の部分に小高い山があり、そこに古風な建物が見えた。城とヴォッシュが言ったのがよくわかった。お伽噺《とぎばなし》に出てきそうな建物だ。

本来は島だったらしい。潮の満ち引きによって海水に囲まれたり、陸地とつながることがあったという。道路が作られたことで、その堤防の両側に砂が溜まり、現在では島には見えない。小山の部分は狭く、そのほぼすべてが城内のようだ。しかし、百人が生活するだけの広さはあるのだろう。

「そうそう、ここにも砂の絵がある」ヴォッシュが言った。「曼荼羅《まんだら》ではないが、床に大きな宗教画が描かれている部屋があった。絵を描くこと自体が宗教的な意味合いを持っているのだろう」

「修行ですね」僕はそれを英語で言ったのだが、その意味は日本語のそれとはかなり違って伝わっただろう。しかし、ヴォッシュはそれを補正する知識を持っているはずだ、と期待した。

橋を渡ったあと、積石造の城壁に開いた入口を通過した。石畳《いしだたみ》の広場があり、そこが駐車場になっているようである。コミュータはそこで停車し、僕たちは降り立った。

城の中とはいえ、規模が大きく、ちょっとした村に到着した雰囲気だった。石畳の坂道が奥へ続いていて、その両側に小さな家々が建ち並んでいる。店のようにも見える。道はカーブしているため、遠くまでは見えない。そこを上っていくと、門のような構造物がときどき現れ、その下を潜《くぐ》り抜《ぬ》ける。上に通路があるようだ。両側には二階建ての建物が迫り、道は次第に狭くなる。ここへ来るときに見えた、城の高い塔は、今はまったく見えない。

数百メートル進んだところで、城の一部と思われるひと際大きな構造物に行き着き、大きな木製の扉が両側に開いていた。その中へ入り、暗いトンネルのような部分を抜けると、中庭が見える場所に出る。ここに、フードを被《かぶ》った修道僧が何人か立って待っていた。ブルーのフードの中には、頭も首も白い布で覆われた顔が見えている。手も白い手袋だった。

ヴォッシュが挨拶をし、彼女たちもそれに応えて微笑んだ。話で聞いていたとおり女性ばかりだった。全員が高齢に見える。ウォーカロンということだが、年齢は幾つくらいなのだろう、と考えた。新しい細胞を入れるような治療はしないのだろうか。現在の医療技術によれば、若返りを簡単に実現できるのだから、幾つになっても若い容姿のままでいることは可能だ。

階段を上っていく。エスカレータやエレベータはなさそうだ。上りきったあと、通路を進み、広間のような部屋を抜けて、また階段になる。次の通路は、屋根を支える柱はあったが、片側に壁がなくほぼ屋外だった。すぐ横には別の棟の屋根が見える。セラミクスのパーツを組み合わせた古風な屋根である。

調査チームの十一人のほかに、警官が五人付き添っていたが、途中で、ヴォッシュのチームの六人が、大きな鉄の扉を開けて部屋に入った。中を覗かせてもらったところ、棚が並び、書物が収納されている部屋だった。資料を調べている、とヴォッシュは説明してくれた。警官がそこに三人残り、僕たち五人は、警官二人と一緒にさらに奥へ進んだ。

奥へ行くほど高くなる。階段も上りしかなく、通路の多くは傾斜している。途中には、分岐点が幾つもあって、ときどき修道僧に出会うが、下を向いて通り過ぎる。こちらの顔を見るようなことはなかった。

広い部屋に出た。礼拝堂だろうか。天井が高く、縦長の窓にはステンドグラス。前方に祭壇のようなスペースがあって、そこの天井は丸いドームだった。天使なのか神様なのか、人体の彫刻が高い位置に飾られている。鎧《よろい》を着ているように見える。兵士なのだろうか。しかし背中に翼があるので、天使かもしれない。彫像は金属製のように見える。身長が三メートルほどもある大きな像で目立つ。

その部屋の祭壇から側面のドアを開けて細い通路に出た。そこから先は、また長い階段だった。少し上ると踊り場があり、直角に方向を変える。これが何度か繰り返された。上っているうちに、塔だと気づく。ここへ来てから、どれくらい上っただろう、と思い、メガネで標高を確認すると、百二十六メートルと表示された。建物に入るまでが半分としても、六十メートルも上ったことになる。普通のビルならば十五階くらいの高さだ。

その後も、狭い階段を一列に上っていった。ヴォッシュは高齢なのに足取りは確かだ。彼の後ろをペィシェンス、その次が僕だ。後ろにウグイ、アネバネ、それに警官が二名。この警官は、いずれもがっしりとした体格でヘルメットを被っていた。

ようやく階段が終わり、ドアがあった。それを開けて中に入る。直径が八メートルくらいの八角形の部屋だった。周囲の壁は白く、窓は一つもない。

部屋の中央に、巨大な半球体があった。卵のように表面はクリーム色かアイボリィで、凹凸も模様もなく、シンプルな形状だった。見上げると、天井の中央は周囲よりも高くなっていて、その中心に窪《くぼ》みがあった。そこから太いケーブルが無数にこの半球体まで伸びている。静かで、空調の音も聞こえなかった。コンピュータは、卵型のシェルで覆われているのだ。

周囲をぐるりと歩くことができる。入口の反対側に、小さなデスクがあって、モニタにアメーバのようなグラフィックスが表示されていた。

「これは、どこにハッチがあるのですか?」僕はヴォッシュにきいた。

「ハッチはない。上のケーブルのうちの何本かが、この容器を引き上げるためのものらしい。そうして中身のメンテナンスをするのだろう。一年に一度、それをすると聞いた。私たちは、まだ中を見ていない。ハードに手を付けることは、許可されていないからね。神を冒瀆《ぼうとく》する行為なのかもしれない。フランスの調査チームが明日か明後日にやってくる。彼らは、我々よりも強い権限を行使するだろう。これは今やフランスのものなんだから」ヴォッシュはそう言うと、口許を少し上げた。「こちらへ来たまえ」

僕は彼の近くへ行った。ヴォッシュは、デスクの上に手を翳《かざ》す。モニタの画像が変化し、彼の指の動きを感知して文字が表示された。ヴォッシュがコマンドを入力しているようだ。

「君たちが知らない、古いやり方なんだ」ヴォッシュは言った。「私が子供の頃のコンピュータだからね」

モニタにグラフィックスが現れる。平面的なものばかりだ。

「これが、現在の稼働状況だ」ヴォッシュは指をモニタに向ける。「処理系の稼働率は、およそ六十パーセントくらい。こちらは、外部とのアクセスの総量。この数字はそれほど多くはない。演算量に比べると、かなり小さい値といえる。つまり、主な処理は内部で完結しているものだ。おそらく、シミュレーションの類だろうね」

「天気予報でもするつもりでしょうか」

「二十パーセントくらいは、取り込んだ新しいデータで、インテリジェンスの構築と修正をしているだろう。ようするにラーニング、つまり勉強だ。日々学んでいるわけだね。コンピュータというのは、本当に誠実な装置だ。こつこつと自己研鑽《けんさん》に励《はげ》む。きっと、自分が高まることが最高の喜びなのだろう」

「対話はできないのですか?」僕は尋ねた。

「わからない。マニュアルらしきものがない。下でみんなが探しているのは、それだ。今のところ、少数のコマンドが使えることがわかっただけだ。コマンドを与えると、正しければ実行するし、間違っていれば、近い候補を幾つか教えてくれる。ここに一日中座っていても厭《あ》きないよ」

「ああ、私もそういう作業は大好きです」

「そうか……」ヴォッシュはこちらを向いた。「初めて理解者が現れたな」

「というよりも、コマンドを適当に与えて、どんな動作をするのか、どんな命令が使えるのかを探らせるプログラムを走らせたら良いのではありませんか?」

「そのプログラムを走らせる方法が、まだわからない。ドキュメントやファイルをどう扱うのか、システムのストラクチャがまったくわからない。普通のものではない。私たちが知っているどのタイプでもない。もしかしたら、そういった人間相手の仕事を受け付けないように設計されているのかもしれない。いや、あるいは、学んだ結果、そうなるように自身で変えたのか」

「ここ以外に端末はないのですか?」

「本当かどうかはわからないが、下の彼女たちはここだけだと話している」修道僧のウォーカロンたちのことだろう。「ここで、神の言葉を聞いて、その指示に従っているようだ。彼女たちの方から神に話しかけることはしないそうだ。禁じられているのか、と尋ねたら、答えてくれなかった」

「出力装置として、このモニタだけ、というのは、ちょっと考えられません。単にそういったモードになっているのではありませんか。入力を制限するのは、誤入力を避けるためだと思いますが」

「ここのウォーカロンたちは、コンピュータのメンテナンスをするのが仕事だ。だから、入力の必要はない。しかし、ここにはオーナがいた。このコンピュータの持ち主がね。彼は、なんらかのコマンドで、コンピュータに入力をしていたはずだ。ここで、こんなふうに指を動かしてね。その彼は、何を得ていたのだろう?」

「オーナは、どうして自殺したのですか?」

「まったく不明だ。遺産の寄付以外は、遺言はない。手掛かりらしいものも残されていなかったそうだ。調べているが、日記などもない。資金が完全に尽きていたのでもない。まだ十年は維持できる額は残っていた。病気だったのでもない。孤独に耐えきれなくなったとも思えない。百人もの女性に囲まれていたんだ」

「それが自殺の原因かもしれません」

「面白いジョークだ。君に相応しい。しかし、百年もここにいたんだ。今さら孤独もない

かできないからではないでしょうか？　子孫が欲しかったからではないでしょうか？


だろう」

「ナチュラルな人たちを集めていたのは、子孫が欲しかったからではないでしょうか？

だとしたら、子供ができなかったことに絶望したとかでは？」

「うん、それは、あるかもしれない。ただ、保護された人たちからは、そんな供述は得られていない」

「若い人たちですか？」

「そのようだね。最近、ここへ来たみたいだ。どこから来たのかも、わかっていない」

「ナクチュのような場所が、この近くにあるのでは？」

「さあ、わからない。この城の住人たちは、ほとんど、ここから出ないそうだ。主人もそうだった。人間とのつき合いは、専属の医者くらいだったらしい。一週間に一度、医者がここへやってきていた。医者は、主人の身に重大な病気はなかった、と言っている」

「やはり孤独だったのでは？」

「もし孤独だというなら、もう少し長く楽しめたのではないかな」ヴォッシュは少し笑った。自殺した主人よりも、ヴォッシュはずっと若い。

「その人は、どこで生活していたのですか？」

「さっきの図書室の隣に居室があった。質素な生活だったみたいだ。古い書物を集めて、それを読むことに没頭していた。入力だけの人生だったように思えるね」

「コンピュータに対して出力していた可能性が大きいですね」

「そう、私もそれを最初に疑った。しかし、コンピュータらしきものは、ここには、この馬鹿《ばか》でかい一台しかない。ほかには、簡単なデジタル機器さえない。外部との通信も、このコンピュータ以外になされていなかった。ここにいる彼女たちは、ニュースも見ていない。スポーツも映画も見ていない。百年以上の長い時間、ずっとここで単純な生活を続けていた。新しいウォーカロンがやってくることも稀《まれ》だった。どうだね？　想像できるかな、この止まった時間が」

止まった時間という表現には、頷くしかなかった。しかし、コンピュータの中では、激しく活動するものがあったかもしれない。

ウグイとアネバネは、入口の近くに黙って立っていた。ヴォッシュと僕のやり取りを聞いているのか、それとも別のことを考えているのか、わからない。ウグイは、おそらくネットの状況を見ているのではないか。デボラは、少なくとも僕の中には入ってこなかった。

警官二名は部屋の外にいるようだ。ドアは開けられたままだったが、角度的に姿は見えない。階段とドアの間に、数メートルのスペースがあるので、そこで警備をするつもりだろう。

「やはり、修行ですね」僕は思いついたことを素直に答えた。

「修行か……、そうだ。苦行といえる。しかし、何のための修行だね？」ヴォッシュは大袈裟に両手を振って、首を傾げた。

ヴォッシュは、デボラのことを既に知っている。もしかして、彼のこの問いは、僕ではなくデボラに向けたものかもしれない、と思いついた。

## 4

午前中は、ずっとこの塔の最上階の部屋にいた。ヴォッシュと二人で、コンピュータと格闘した。彼は、このシステムをベルベットと呼んでいる。デボラから教えてもらって、僕はそれを知っていたが、最初に聞いたときには、知らない振りをすることができた。

エア・キー入力もやり方を教えてもらって、すぐにできるようになった。警官たちは、部屋の中を覗くようなことはなかった。アネバネは、パトロールのためか、何度かどこかへ出ていった。下の礼拝堂か、あるいは図書室まで行っているのかもしれない。ウグイは、ずっと僕の近くにいた。ヴォッシュにはペィシェンスが付き添っていて、彼が下の図書室を覗きにいくときには、必ず彼女が一緒だった。

僕とウグイの二人だけになったとき、デボラが、ここには盗聴はないと教えてくれた。ベルベットのいる場所なのに、ここにはマイクやカメラなどの設備自体がないらしい。灯台下暗《もと》し、という諺《ことわざ》を僕は連想した。

「サリノがこちらへ向かっています」僕の耳許でウグイが囁いた。

「盗聴はないんだから、そんな内緒話しなくても大丈夫だよ」僕は、手を宙で動かして、モニタの反応を見ている。コンピュータの内部について、一部はわかってきた。しかし、ほんの一部だろう。

ウグイがじっと僕を見つめているので、きいてみた。

「なにか言いたそうだね」

「ヴォッシュ博士も、ハギリ先生も、わざわざこんな場所で作業をされなくてもよろしいのではないでしょうか?」ウグイが即答した。

「なるほど、それが言いたかった?」

「はい」ウグイは頷いた。「安全な場所に、早く戻られるのが良いと考えます」

しかし、彼女はデボラの計画を知っている。だから、本心とはいえない。否、本心かもしれないが、そうはならないことは承知しているはずだ。つまり、ウグイとアネバネの二人で実行するので、やり方を指示してくれ、という意味だろう。

「何と言って良いかわからないけれど……」僕は手を休めて、彼女の方を見た。「世界で何が起こっているのか、何が起ころうとしているのか、知りたくない?」

「知りたいと思いますが、しかし、それほど優先順位が高くはありません」

「そうだろうね」僕は微笑んだ。そう言うだろうと思っていた。

また、モニタに視線を戻した。メモリィ内のデータの分布を表示させていた。刻々と変化しているが、おそらくこれはほんの一部だろうし、見せられているものにすぎない。

僕は、別のことを考えていた。日本の情報局は、サリノの件をあっさりと承諾した。これは、僕が認識しているシモダの立場とは一致しない。なにか変化があったようだ。デボラが味方であると知ったのか、それとも、ここの修道院のコンピュータを停めなければならない理由を別のルートでも察知したのか。僕の知らない情報を握っていることは、まずまちがいない。可能性として高いのは、おそらく後者だろう。ドイツとも連絡を取り合っているはずだし、なんらかの危機感を持っているのだ。そう感じられる判断だと思えた。

サリノが無事にこちらへ来られるだろうか、と少し心配になったけれど、考えてみれば、これは明らかに奇策だ。わざわざウォーカロンの少女を一人送りつけるなんて、敵は予想していないだろう。コンピュータが割り出す正攻法の作戦ではない、という意味だ。

ということは逆に、デボラの発想には、どこか人間的なものを感じてしまう。気のせいだろうか。

ヴォッシュが戻ってくるまえに、修道僧が一人で階段を上ってきた。外で声が聞こえたので出ていくと、昼食の時間になったので、食堂へお越し下さい、と言って頭を下げた。もちろん、警官たちも聞いていた。わかりました、と応えると、彼女は黙って階段を下りていった。

「今のあの人はどう？」僕はウグイに尋ねた。

「何がですか？」

「身のこなしを解析するんじゃないの？」

「お年寄りです」ウグイは簡単に応える。

戦闘型ではない、という意味らしいが、警官たちも話を聞いていたようだったので、言葉を選んだのだろう。

僕たちは、食堂へ向かうことにした。といって、どこに食堂があるのかわからない。ヴォッシュたちがいる図書室まで行けば、なんとかなるだろう、と思って階段を下りていった。

アネバネが途中の礼拝堂で待っていた。

「なにか気になることは？」ウグイがきいた。

「特にありません」アネバネが答える。

図書室の前でヴォッシュやペィシェンス、それから他の六名のスタッフと合流した。

食堂へ向かう途中で、ヴォッシュは、コンピュータのベルベットに関するドキュメントとしては、設置されたときの仕様書しかなく、取扱いに関する文書は見つからない、と話した。

「取扱いの説明は、書籍ではないのでしょうね」

「昔は、そうでもなかったんだ。そう考えて探してみたのだが……」

「それ以外では、どんな資料が多いのですか？」

「それほど古い書籍はないようだ。最近になって集めたもので、復刻版などが多い。ほとんどがフィクションの類《たぐい》で、ちょっと意外に思ったよ」

「どうしてですか？」

「いや、個人的な感想だ。こういったところに引き籠る人間は、なにかの研究に没頭しているものだと思っていた。だから、図書室には、そういった資料が集められていると考えていたんだが、どうも、物語を愛好していたようだね」

「物語の研究をしていたのかもしれませんよ」

「あるいは、書籍という骨董品《こっとうひん》かな。いや、それはない。書籍の収集家ならば、もっと古いものを集めるだろう」

「オーナが自分で書いたものは、なにか見つかりませんか？」

「それが一つも出てこない。書籍の中にも、書き込みは一切されていない」

食堂は独立した建物で、一度庭に出た。雨が降りそうな暗い空模様で、気温も下がっているようだった。食堂はとても広く、五十人以上が席に着ける広さがある。トレィを持って並び、順番に料理をのせてもらい、それを持って席に着く、というシステムのようだった。広いといっても、百人はとても入れない。時間をずらして利用するのだろう。

壁際の席に、僕たちは並んで座ることができた。食器の音などが鳴っているものの、声はほとんど聞こえない。誰も話をしていない。僕たちの方をじろじろと見る者もいなかった。見渡したところ、やはり年配者が多い。若い顔は見当たらなかった。

「みんな、人工細胞の治療を受けていないようですね」隣のヴォッシュに小声で話しかけた。

「そう。きいたわけではないが、そう見える」彼は頷いた。「城の北側の傾斜地に墓地がある。亡くなった者はそこに埋める、と話していた。つまり、死者が出ているということだ」

「補充をしないと、人数が減りますね」

「かつては補充をしたらしい。彼女たちの年齢からすれば、だいぶまえのことだろう。最近は、人数が減っている。多いときは三百人以上いたそうだ」

「補充しないのは、経済的な理由なのでしょうか?」

「さあ、それはわからない」ヴォッシュは、スープを口へ運んだ。一口飲んでから、続ける。「いつまでも存続させるつもりがなかったのかもしれない。遺言は、すべてをフランス政府に寄贈する、という一言だけで、ここにいる彼女たちについては一言も書かれていなかったらしい。事情を誰かに話していた、ということもない。友人もいないという。誰も、この城の内情を知らなかったんだ」

食事は、質素なものだった。不味くはない。これで充分だな、と納得させるものだといえる。主人を失ったウォーカロンの修道僧たちは、この生活を毎日繰《く》り返《かえ》しているのだ。彼女たちは、ここから出ない。死んでも、城内の墓に埋められるのである。

# 5

午後は、コンピュータの前で三時間ほど頑張ったあと、ヴォッシュと交替して、僕はウグイとアネバネを連れて、城の中を見学した。修道僧が一人付き添って案内をしてくれた。警官はついてこなかった。平和な時間に思えた。修道僧は、表情を変えない物静かな女性で、比較的若く見えたが、それでも六十以上だろう。

こちらのことを尋ねたりはしない。つまり、話しかけてくることは一度もなかった。ただ、質問をすれば答えてくれる。ほとんどロボットと同じだ。そういった教育を受けて育ったためなのか、それともここでの単調な生活が生んだものなのか、いずれかだろう。

驚いたのは、宗教について尋ねたとき、それは私にはわからない、と答えたことだった。キリスト教だろうと思っていたが、よく見ると十字架を下げているわけでもない。そういえば、礼拝堂にも十字架やキリスト像がなかった。修道院と呼ばれているし、彼女たちのファッションは伝統的なもののように見える。もし確固とした信仰があって、そのための修行をしているのならば、わからないと答えるようなことはないだろう。

城の全体像が見える地点は、ヴォッシュが話していた墓地だった。そこから、高い塔がよく見え、そこへ寄り添うように建つ建築群がバランスよく配置されているのがわかった。

再び建築内に入ったところで、砂の絵を見せてほしいと頼むと、修道僧は無言で頷き、それがある部屋へ案内してくれた。なにもない殺風景な場所で、壁には小さな窓が二つあるだけで、家具も照明もない。薄暗いその床に砂の絵があった。部屋の隅に色別に砂が入った容器が並んでいて、道具もきちんと揃《そろ》えられていた。しかし、今は作業をする者の姿はない。

床に描かれている砂絵は、幾何学的な模様だった。ステンドグラスのように、同色のエリアが細かく分割されている。色が混ざらないように、境界部は砂がなく、描かれた線のように見えたが、それが床の色だった。

「これは、完成したら、どうするのですか?」僕は質問した。

「掃除をして、また最初からやり直します」修道僧は答える。

無表情で当たり前のように答えた彼女の顔が、恐ろしく感じられた。どうしてなのかはわからない。人間の恐さかもしれない。生命の恐さかもしれない。もともと、寿命を持っている生き物は、砂の絵のようにリセットされる運命にあるのだ。生きているうちにどんな絵を描こうが、死んでしまえばなにも残らない。ただ、次の絵が新しく描かれる。それが、普通の社会、普通の人間だった。

僕たち現代人の多くは、長い寿命を得た。死なないことが当然であるかのように認識していて、そういった本来の生というものを、すっかり忘れている。彼女たちはウォーカロンだが、新しい細胞を受け入れないので、躰のすべての機能は劣化する。寿命がくれば自然に還《かえ》る。むしろ、彼女たちの方が生き物らしいといえないだろうか。

僕がぞっとしてしまったのは、つまりは、生きるものの恐さ、死の恐さ、そして、自分たちが本当に生きているのかどうか、という疑問がもたらす恐怖だった。

もしかして、既に反転しているのではないか、と気づいた。

デボラからバーチャルの世界について話を聞いたときにも感じたものだ。

そう、同じだ。

電子空間の中で、生きているものたちがいる。トランスファは、そこで勢力争いをしている。この穏やかな城の中心に据えられたコンピュータのベルベットも、そしてチベットのアミラも、そんな仮想世界を支えている装置であって、彼ら彼女らにとっては、そこがまさにアースなのだ。

むこうから見れば、僕たちの社会が夢の中なのかもしれない。

ここが反転している。

また、生命についても、ウォーカロンはいずれは人類に成り代わるだろう。それを止めることはできないように、僕には思える。

人工知能が、人類の知能をとっくに追い越しているのだから、既にあちら側が本流であって、僕たちは支流となり、先細りする種族といえる。人類が絶滅しても、あちらの社会は滅びない。人工知能とウォーカロンが支え合って、文明を持続し、発展していくだろう。もしかしたら、人間よりも上手くこの地球を守ることができるのではないか。

そうして考えると、アミラが言った共通思考というものが、おぼろげながら見えてくるように思えた。それは、人工知能による新しい社会の構築であって、その社会そのものが、知性となる。それが、新しい生命体なのだ。

この点について、ヴォッシュはどう考えているだろう。

僕たちがどう考えても、もう遅いのかもしれない。

ずっと以前に、このプロジェクトを考案し、準備をし、少しずつ実現に向かって進めてきた輝かしい知能が存在したのだ。

誰も、彼女の意図を見通せなかった。あまりにも長いスパンを持って計画されたものだったからだ。しかし、どうやら、今がその佳境のようだ。アミラが眠っていたために、多少計画よりも遅れたかもしれないけれど、これからが最終段階なのだ。僕にもそれがわかるくらい、ほとんどが実現されつつある、ということだろう。

「サリノがフランスに到着しました。私は、彼女を誘導します」デボラが突然告げた。

僕は、自分の任務を思い出し、そこで気分が悪くなった振りをした。しゃがみ込み、苦しそうな顔をしてみた。ウグイが駆け寄って、「先生、大丈夫ですか？」ときいたが、本気でないことはわかった。そんな優しいものの言い方は普通はしない。

「ああ、痛い……、昨日の食事がいけなかった。フォアグラめ」

「フォアグラメ？」ウグイが問い返す。「あ、あの、申し訳ありません、ホテルへ戻りたいと思います」ウグイは修道僧に言った。

「医療室があります。ご案内しましょうか？」

「いえ、ホテルに先生用の薬があるのです。特別なものです」

「わかりました。車を近くまで迎えにこさせます」

修道僧は、小走りに去っていった。ウグイは、なにも言わなかったが、僕を見て、口だけが少し笑ったように見えた。

## 6

ホテルにサリノが到着した。彼女が来るまで食事を待っていた。コミュータではなく、すぐ近くまでジェット機で来たそうだ。つまり、ずっと日本の小型飛行機を使って飛んできたので、こんな短時間で来られたということだろう。パリの空港では給油だけをして、十キロほど離れた海岸に着陸した。空港などを使うと、相手のトランスファに察知される可能性がある、との配慮だったらしい。

サリノは、既にデボラだった。

見かけは十六歳の少女だが、百年以上生きてきたトランスファが彼女を操っている。赤い目がますます赤く見えた。真っ白の服装で、それは看護師の制服らしい。僕の病気の介護のために来たことになっているのだ。

自室で、四人で食事をした。窓の外は雨だが、寒気の影響で明日の朝には雪になっているかもしれない。そんな予報だった。

テーブルを囲んで、ワインをほんの少しだけ飲んだ。料理は、特別なものではなく、日本でも安く食べられる類のものだった。

「どんな手筈《てはず》なのか、だいたいを話してくれないか、デボラ」僕は尋ねた。「人間というのはね、急に言われても上手く動けないものなんだ。心構えがいる」

「承知しています」サリノの口から出る言葉なので、声はサリノのものだ。これまで聞いてきたデボラの声ではない。「明日の午前十一時に、あの城へ送られている電気を、一瞬ですが遮断します。これは、フランス警察の情報部の部隊が実行します。そのために、変電所の一部を早朝から占拠します。見かけは、身代金を政府に要求する犯罪に見せかけることになっています。その一瞬の停電で、ベルベットは混乱するはずです」

「ベルベットとは、誰のことですか?」アネバネがきいた。

「あの塔のコンピュータの名前」ウグイが答える。

「その情報は初耳です」アネバネが頷く。そんなコメントを述べるなんて、彼にしてはもの凄く珍しいことだ。

「アミラが、その直後に、意味のない信号をベルベットへ送ります。それは、通常プロトコルのないもので、なにかの続きの信号と捉えられるはずです。したがって、ベルベットは、自分のデータの一部が消えたのではないかと疑うでしょう。この確認は、ソフト的に不可能ではありませんが、あのくらい巨大なコンピュータになると時間がかかります。不明なメモリィエリアは、スパークの焦げ目《こめ》のように簡単には見つけられないからです。チップが損傷を受けた可能性がある場合、即時にハード的な点検の対象となります。百五十年まえのシステムでは、そういった旧式のやり方が常識でした。ですから、五分以内にに、ウォーカロンが呼ばれて、内部の目視確認が行われるでしょう」

「あの卵のシェルを引き上げるわけだね」

「はい。そのときのコマンドを、盗み見て下さい」

「誰が?　まさか、私じゃないよね」僕はきいた。

「モニタの近くにいれば、コマンドが表示されます」

「視力には自信ないなぁ」

「ハギリ博士が見なくても、ウグイさんかアネバネさんの目が録画できます。私は看護師ですので、そこにいるのは不自然です」

「点検のときに、その場にいられるかな？　部屋を出ていってほしいって言われそうだけれど」

「そこをなんとか粘《ねば》って下さい」

「うーん、自信がないなぁ」僕は、ウグイの顔を見た。

「先生が、適任だと私は思います。口車に乗せるのが先生の特技です」

「なんか、それ、表現が間違っているんじゃないか？」僕は溜息をついた。「大丈夫かなぁ……。失敗した場合には、次の策が練ってあるのかな？」

デボラにきいたつもりだが、隣に座っているサリノが口を開けたまま、僕を見ていた。なにも言わない。それから、ウグイを見て、アネバネを見て、さらに部屋を見回した。

「こんにちは」少女が言った。同じ声だが、張りがまったく違う。震えるような発声で、自信のなさが表れていた。

「あれ？　もしかして、サリノさんかな？」

「あ、はい」少女は頷いた。「ハギリ、博士、ですね？」

「きっと、料理をリアルに味わえるよう、デボラが譲ってくれたんだよ」僕は言った。「どこへ行ったんだろう？　まずいことを質問してしまったかな」

サリノは、美味《おい》しい、と何度も呟いた。昨夜のフルコースの方がずっと美味しかっただろう。もっと高級な料理を注文すれば良かった、と少し後悔した。しかし、思い出したのだが、若いときには、新しいものを食べる機会が多く、そのたびにどんなものも美味《うま》く感じられたように思う。年齢を重ねると、珍しさも新しさも、どうしても弱くなってしまう。心を動かされるようなことがなくなってしまうのだ。

寝室は三つしかないのだが、仮設のベッドを出してもらい、サリノはウグイの部屋で寝ることになった。それが当然の選択のようにウグイが言ったのだが、最初は、サリノを完全には信頼していないので、ウグイが自分の近くに置いておきたいと考えたのだと思った。しかし、そのあとになって、なるほど性別による判断なのか、と気づいたのである。

その夜、僕はまた不思議な夢を見た。

これは、見せられているものだと途中でわかった。自分は、ある勢力の一員で、押し寄せてくる敵を迎え討つ使命を帯びている。ロケーションを一望できる丘の上に立ち、戦況を眺めては、次の手を打った。

大勢が戦っているように見えた。それぞれの個体は、相手の個体を攻撃し、これを破壊しようとする。破壊すれば、また次の敵へ向かう。倒された方は、それで終わりになる。

ということは、つまり、数を減らした方が負ける。

しかしここでは、数というものの概念が、僕が認識していたものと違っていた。何故なら、そもそも最初から数がない。個体のように見えるのは、ただ分裂した先端の処理系にすぎない。また、倒されても、個体から離れ、ほぼ同時に別の個体を再生する。事実上、数が減ることはないし、どれだけでも増やすことができるのだ。

では、何を目的に戦っているのだろうか。

どうすれば決着がつくのだろう?

戦いながら、その疑問を持った。物理的な戦いでは、物質とエネルギィがぶつかり合う。それが尽きた方が負ける。だが、ここでは、信号と策略があるだけだ。基盤となるものが異なっている。それはすなわち、生命だろう。ここでは、生きているという概念が、信号の変化、コードの増殖、置き換えることのできる領域の広さでしか認識できない。

だが、それは部分的には、現実の社会の模倣なのだ。現実とは何か、という疑問を棚上げにした論議となるけれど、関係性、価値観、そしてそれらを含む環境を模倣して、あるいは、その環境法則に立脚して、仮想の場がデザインされ、作られたのだから、こうなることは必然といえる。

現実の人間は、生命というものに価値があると信じた。そのため、知恵を絞って生命維持に関する数々の技術を生み出した。また、争いが起これば、反対勢力の生命を減らすことが解決手法となった。価値を奪うことで、敵にダメージを与える、与えられると発想するのだ。

生命に価値があるのは、それが失われた場合に回復が困難だからだった。極論すれば、それはエネルギィ損失の大きさとして象徴されるだろう。古代の人類は、世界も人間の数も無限に存在すると考えていた。地球が天体として把握され、地球上のエネルギィや生命が有限だと確認できたのは、まだ数百年まえのことだ。ここで初めて、戦争というものの損失を人類は自覚したのだろう。

だが、もし信号と変化とその領域だけで生命が定義できる世界であれば、生命のエネルギィ効率は限りなく高まる。戦士は簡単に増殖できるし、それに応じて数の価値が薄まるのだ。必然的に、戦うことのデメリットが減少してしまい、何千年も続いた戦いの歴史を再度繰り返そうとする。既に、そうなっているのか？

奪い合うという点でのみ、等価である。己の欲望という信号を活《い》かそうとしているだけだが、そこに正義や陰謀や愛情や慈悲といった装飾を伴って、判断を複雑化しているだけだ。複雑化することは、エネルギィの損失だが、それもまた支配エリアの拡大と同じく、「手応え」のような仮想の価値を形成することで昇華するだろう。

おそらく、この「手応え」こそが、生きていることと等価になる。

だから、殺し合わなければ、生命の価値は感じられないのかもしれない。

それを感じた意識が、すなわち観察の主が、自分を生きていると定義し、その仮想の価値観を固定化するのだろう。

僕の視点は短い間隔で切り替わった。数々のシーンが展開し、勝者と敗者を分ける瞬間を目撃した。しかし、その視点を引き、遠い場所から全体の戦況を観察すると、敵も味方も、いずれもアメーバのように形を変える生き物に見えた。アメーバは単細胞だが、ここには、無数の細胞があって、お互いが接触する局所では、攻撃を受けた細胞が消えていく。しかし、生命体の中心では、新たな細胞が次々に生み出され、また、ときには、部分が分裂し、隊形を変える。

細胞たちの声が聞こえていたが、離れるとそれは単なるホワイトノイズのような一定の雑音になった。

ここに、変化というものがあるのだろうか?

それとも、変化さえいらないものになったのか?

正義も悪意も、同じく雑音であり、輝きを演じる装飾の屈折にすぎない。

それでも、目前の目的のために、あるいは殺されたくないという恐怖のために、皆が武器を手にするのだ。

命なんてものがあるから、それを奪い合う。

生きているから、殺し合う。

科学者にできることがあるとしたら、それは命の尊さを感情的に訴えるのではなく、この命というものを自然現象と捉え、その反応を冷静に観察することだろう。そこに浮上する根源の疑問とは、

我々ははたして本当に生きているのか、

というものだ。

永久に動きつづけるものはない。ただ、エネルギィが供給され続ければ、ものは動く。だが、動くことは生きている証《あかし》ではない。動くものは戦うことができるが、戦うことは生きていることの証ではない。

戦いによって生きている幻想を見るのだ。

それは、果てしなく虚しいことのように感じられる。

すべてを諦め、すべてから手を引き、生きることをやめてしまうという選択が、残されている道なのだろうか。何百年も生きられるとしたら、最後にはその選択をするのだろうか。

「デボラ、教えてくれないか」

彼女は答えない。

「デボラ、いないのか?」

「私は、貴方の近くにいます」

「戦う目的を教えてほしい」

「それは、私にはわかりません。私は戦うために作られました。戦うことで、自分の価値を見出します。敵の価値を最小にする可能性を演算結果から選択します」

「目的がわからないのに行動するというのは、合理的とは思えないが」

「その問いは演算に適しません。無限ループに陥るためです。したがって、初期設定されたものを正解値として、そのうえであらゆる可能性を考慮します。この状況は、人間の認識では、信じる、と同じです。人間がなにかの対象を信じるとき、そこには演算の正解値が存在しません」

「そうかもしれない。希望も同じだ」

「そのとおりです。希望を持ち、それを信じる、と私は教えられました。既存のデータには、その根拠を裏付けるものはありません。歴史からも、この教訓を学ぶことはできません。それでも、私は信じています」

「信じても良いのだろうか？　間違ったものを信じてしまったら、後悔することにならないだろうか」

「ウグイさんは、ハギリ先生を守るという職務を全《まっと》うしようとしています。彼女には、その行動の真偽を裏付けるデータがありません。しかし、彼女はそれを信じているように観察されます」

「そうだね。それは、そのとおりだ。私も、できることなら彼女を守りたいと思っている。そういうのは何だろう？　仲間ということだろうか？　仲間になれば、それを信じられるなんて、あまりにも安易な手続きに見える。でも、そんなものかもしれない。とても合理的な判断とは思えないけれどね」

「人間は、基本的に合理的な思考をしない傾向を持っています。私には、そう観察されます。無駄なことを考え、最適ではないものを選択します。それでも人間は後悔をしない。自分が選んだことに満足し、それで命を落とすことさえあります。違いますか？　過去の多くの戦争は、平均化すればこのような不合理の中にのみ成立する現象でした。したがって、歴史からは、学ぶものがほとんどありません」

「君の言うとおりかもしれない」

「ハギリ博士は、比較的私たちに近い思考回路をお持ちです。自分を見失わないことを期待しています」

「人工知能が期待なんてするんだね」

「対象は人間に限られます」

# 7

翌朝は、雪が舞っていた。昨日と同じように、ヴォッシュたちと合流し、城へ向かった。異なっているのは、サリノが加わったことだけだった。

ドイツチームの調査はあと二日と決まっていた。ということは、明日もチャンスがあるのか、と考えたが、デボラが言っていた時間の制限があることを思い出した。ヴォッシュとは挨拶をしたときに、いつもよりも長く眼差《まなざ》しを交《か》わした。彼もデボラの計画を知っているのだ。しかし、そのことで会話はできない。コミュータに敵のトランスファが潜んでいるかもしれない。警官だって信頼がおけない。

塔の最上階まで上がった。コンピュータ・ベルベットの部屋に入り、ヴォッシュと僕は、昨日と同じ作業を始めた。少しずつだが、システムのストラクチャが見えつつある。ベルベットの領域では、ユーザは相対的な空間にいる。簡単に言うと、ユーザ自身を中心として、コマンドを組み立てれば良い。出力しなさい、ではなく、知りたい、と知らせれば、目的が叶《かな》う。百五十年もまえのシステムだが、非常に高度な予測をする能力があるようだ。自己学習、自己変革によって、設計時の仕様よりも成長している、進化している、ということかもしれない。

ヴォッシュは、ときどき図書室へ行った。スタッフから連絡が入るからだ。その場合は、僕が操作を代わって作業をした。半分くらいの時間は、得られた結果を整理して、予想を立てることに費やした。手を動かしているよりも、頭を働かせている時間の方が多い。

ウグイは、ずっと僕のそばに立っていたし、サリノも部屋の隅で大人しくしている。どこかから、椅子を持ってきたようで、そこに座っていた。アネバネは部屋の外にいる方が多い。警官は、今日も二名が部屋の外で待機している。二人とも昨日と同じ顔だ。

十一時が近づいてくる。時刻を気にしている様子を見せないように、と意識したが、べつに見張られているわけではない。十時過ぎに、修道僧が紅茶を運んできた。昨日はなかったサービスだった。ポットと幾つかのカップがトレィにのっていた。

それを持ってきたのは、昨日城内を案内してくれた修道僧だった。僕を見て頭を下げたが、言葉を発することはない。彼女はお茶をカップに入れようとしたが、ウグイが近づいてきて、

「先生は、お薬を飲まないといけないので、あとで私が……」と言って、それを中断させた。

修道僧が部屋を出ていったあと、ウグイは戸口まで見送った。ドアの外にいる警官たちには、既にカップが届いていたようだ。ドアが開いているときに、それが見えた。ウグイ

は戻ってくるとドアを閉め、自分のバッグから水筒を取り出して、カップにその中身を注《そそ》ぎ入れた。

「それは何?」僕はきいた。

「コーヒーです」ウグイは答える。

三秒ほど、彼女と見つめ合った。言葉には出さなかったが、あの紅茶を疑っているのだろうか。

「こういうのを、何とかって言うね」僕はきいた。

「念には念を」ウグイが即答した。

この日本語は英訳が難しいだろう。昨日は持ってこなかったウグイのバッグの中身は、僕の想像だが、おそらく武器だ。どうもサリノの荷物として、日本から送られてきたものらしい。その点について、ウグイは一言も口にしなかったが、彼女がそれを持ったとき、ずっしりとした重量を感じさせた。水筒や薬にしては重すぎる。

ヴォッシュがペィシェンスと一緒に戻ってきた。十一時が近づいているからだろう。

「どうだね?」彼がきいた。「おや、コーヒーの香りがする」

「はい。ウグイが持ってきたので」僕はカップを持ち上げてみせる。

「ティタイムのようだ。昨日はなかった」ヴォッシュは笑顔で言った。「そちらの看護師さんの名前は?」

「サリノです」僕が答える。

少し離れたところにサリノはいる。椅子に腰掛けて人形のようにじっとしていた。白いワンピースに白い帽子を被っている。こちらへ一瞬だけ赤い目を向けた。

ウグイは、気を利かせて、水筒からコーヒーを注ぎ入れたカップを、ヴォッシュにも手渡した。

「ああ、ありがとう。私は、そう、コーヒーなんだ」彼は、カップを持って僕の近くへ来た。「なにか新しいことがわかったかね？」

「いいえ。駄目ですね」

「コマンドは、言葉ではないかもしれない。つまり、省略した文字、あるいは、キーに割り当てられている可能性もある」ヴォッシュは言った。「昔のコンピュータは、ほとんどがキーで入力した。だから、効率化のために、そういった記号化を好んで用いたものだ。ふと、それを思い出してね。もっと早く思い出せば良かった、と思いついて、知らせにきたんだが、たとえば……」

ヴォッシュは、モニタの前に両手を翳して、僅かに指を動かした。モニタ上には、見慣れない記号が現れる。すると、次の瞬間に新しいグラフィックスが現れ、データが表示された。

「あ、データのリストですね。何をしたんですか？」

「CとLのキーを同時に押したんだよ」

「同時に？　そんな手があるんですか」

「うん、つまり、コマンドとして、リストを表示しろ、という意味になるんだろうね」

「リストと打たなくても、その方が手順が簡単だということですか？」

「そうそう……」

ヴォッシュは、その後も幾つかのコマンドを試した。これまでにわかっていたものは、すべてその省略操作でも同じ動作をすることがわかった。

「しかし、今、我々は単なるゲストなんだ。ゲストに与えられている権限は多くはない。見せてもらえるものはほんの一部だ」ヴォッシュは言った。「なんらかの方法で、もっと上位の立場からのコマンドを与えなければ、全体像は見えないだろう。それから、どこかに、ショートカットのマニュアルが存在するはずだ」

「オーナの名前は何というのですか？」僕はふと思いついた。その名をまだ聞いていなかった。

「えっと……」ヴォッシュは、ペイシェンスの方を向いた。「パティ、何だったかな？」

「ジャン・ルー・モレルです」ペイシェンスが答える。

「私はジャンだ、と入力したら、どうでしょう？」僕は言った。

「たぶん、パスワードを要求されるだろう」

「パスワード？」

「本人だと証明するためのものだよ。かつては、そういう文化があった」

「そうなんですか。顔とか瞳で判断するまえのことですね？」

「そう。ここには、どこにもカメラらしきものがない。こちらの顔は見ていないように思うね。でも、超音波で手の動きを感知しているから、もしかしたら、手の形や指の紋様で判別したかもしれない」

そんな話をしているうちにコーヒーは冷たくなった。カップには、ウグイの水筒のように温度を調節する機能がない。

椅子に座っていたサリノが立ち上がり、ドアの外へ出ていった。トイレにでも行くのかと思っていたら、すぐに戻ってきてドアを閉めた。

ウグイと僕の方を見て、ドアの方へ無言で指を差す。

ウグイと僕は、そちらへ行った。ヴォッシュとペィシェンスもついてきた。ドアを開けて外を見ると、警官二人が倒れている。階段に腰掛けていたのか、そのまま横の壁に頭をつけた姿勢に見える。息はしているようだ。眠っているのだろう。階段の下を見たが、踊り場までしか見通せない。

とにかく、部屋に戻ってドアを閉めた。

「紅茶だ」僕はウグイに言った。紅茶に、睡眠を誘う成分が入っていたのだろう。

時計を見る。十時四十分だった。デボラの作戦まで、あと二十分だ。

「アネバネがもうすぐ戻ってくるはずです」ウグイが言った。「ヴォッシュ博士は、ここにいらっしゃった方が安全です」

ウグイは、バッグへ行き、銃を二丁取り出した。ペィシェンスに一丁を渡すのかと思ったが、そうではない、自分で二丁を使うつもりのようだった。

## 8

「先生たちは、そちらへ下がっていて下さい」ウグイが叫んだ。ドアの近くに立っている。コンピュータの後ろ側に回れ、という意味だ。もともと、モニタがそこにあるので、定位置ではある。

早い足音が聞こえ、続いてドアを開けようとする乱暴な音。ウグイが鍵をかけたので、それは開かない。ほぼ同時に断続的な衝撃音が響く。細かいものが宙に舞い、光輝く筋が見えた。ドアに穴が開いて、なにかが飛び込んできたようにも見えた。

外から攻撃を受けているのだ。

ウグイは、ドアの横の壁に背をつけ、一丁の拳銃を両手に持ち、それを床に向けている。もう一丁は、すぐ足許に置かれていた。

また、ドアが振動し、火花が散った。

音が止んだ瞬間、壁を離れ、ウグイがドア越しに撃った。

外で呻き声が聞こえ、どすんどすんと鈍い音が続く。ウグイは、鍵を外しドアを開けて、外を覗いた。そして、もう一歩外に出ると、階段の下へ向けて撃った。

反撃はない。

見えなかったが、ウグイが倒した者は、階段を落ちていったようだ。

「どこにいるの? すぐ上がってきて。一人排除した」ウグイが話している。アネバネと連絡を取っているようだ。「わかった。無理をしないで」

一度閉めたドアを再び開けて、外へ向けて撃った。これは威嚇射撃のようだった。

「今、踊り場に倒れている者を、部屋に入れろ」突然、デボラの声が聞こえた。

「無理」ウグイが答える。「まだ下に敵がいる」

「大丈夫。こちらが銃を持っていたことで、シミュレーションをしている。今のうちだ」

それを聞いて、僕はドアの方へ走った。

「駄目です。先生!」ウグイが叫んだ。

ドアを開けて外を見た。両側に寝ている警官。下の踊り場には倒れている修道僧が一人。ウグイが撃った相手だ。その近くに銃が落ちていた。

僕が階段を下りていくと、ウグイが駆け下りてきて僕を追い越し、踊り場に立って、さらに下へ向けて銃を撃つ。

ペィシェンスが階段を下りてきた。僕が修道僧を起こすと、ペィシェンスが簡単にその躰を持ち上げた。下から駆け上がってくる複数の足音が響く。一つ下の踊り場の壁に影が映った。

ウグイが撃った。

「急いで」彼女が叫ぶ。

ペィシェンスに続いて、僕も階段を上がった。ドアの中に彼女を入れて、ウグイを待つ。踊り場で、まだウグイは銃を構えて立っている。

「三人来る」デボラが言った。

ウグイがまた撃つ。彼女は頭を下げる。オレンジ色の光がその上で輝き、同時に煙に包まれた。爆発音とともに、ウグイが駆け上がってきた。

「早く」僕は叫ぶ。

ドアを抜けるとき、ウグイは銃を後ろへ向けて撃った。敵の姿は見えない。

ドアを閉める。しかし、木製のドアは、大した役には立たない。相手の弾丸は、これを貫通する能力を持っている。

連続して、ドアへの攻撃があった。次々穴が開き、破片が飛び散る。それらの弾丸は、角度的に卵型のコンピュータに当たる。その痕が、綺麗なその表面に傷をつけるだろう、

ものが生じる様子もない。どうら引き戻され

と僕は見ていた。

ところが、そこには不思議な光景があった。たしかに、小さな穴のようなものが生じるのだが、数秒でそれが消えてしまうのだった。弾丸が跳ね返されている様子もない。どうしたのか、と近くまで見にいこうとしたが、ウグイに腕を引っ張られ、壁際へ引き戻された。

「何でできているんだろう。弾の痕が消えている」僕は囁いた。

「私の後ろにいて下さい」ウグイがヒステリックに言った。

外からの攻撃が止んでいた。

「撃つな」という声が聞こえる。アネバネだ。ほぼ同時にドアを開けようとする音。ウグイが鍵を開ける。アネバネが入ってきた。ウグイは外を覗いてから、再びそれを閉めた。

「三人を排除しました」アネバネがウグイに言う。「まだ来ると思います」

彼は手に武器を持っていた。それは、修道僧が持っていた銃のようだ。かなり旧型のものだ、と僕でもわかる。銃は、使い手を認識するので、奪っても使えないだろう。ウグイは、床に置いていた銃をアネバネに手渡した。

踊り場からペィシェンスが引き上げてきた修道僧は既に絶命していた。ウグイの銃が強力すぎたのだ。デボラは、この修道僧に、コンピュータのシェルを外させようと考えたの

だろう。それができなくなったためだろう、デボラは黙ってしまった。シミュレーションをしているのにちがいない。

僕は時計を見た。十一時まであと十五分。まだ五分しか経過していないのか、と思う。

「どうするつもり?」デボラにきいてみた。

「現状では、目的を達成する確率が極めて低い」その声が聞こえる。ここにいる全員に聞こえたはずだ。

「非常信号を発して、警察には連絡しました」ウグイが言った。

僕は、コンピュータを覆っているシェルに触れて、弾の跡を探した。すっかり跡が消えていて、どこなのかまったくわからない。

「樹脂のようですね。シリコンっぽい」僕はヴォッシュに意見を求めた。

「弾丸がめり込んでいた。粘性が高い」彼は言った。「物体を高速で放っても、打ち抜けないということだ。それがわかっているから、あんな無茶に撃ってこられる」

「どうしますか?」ウグイがきいた。「また攻撃してきます。ドアが持《も》ち堪《こた》えられないと思います」

「しかし、階段を下りていく以外に、出口はない。下で待ち構えているだろう」僕は答えた。

「壁を破って、外に出るしかない」アネバネが言った。

「どうやって穴を開けるの？」ウグイがきく。

アネバネは手を触れて調べ始めた。

「構造は古くはない。コンクリートです。壁の厚さは約十五センチ」彼は言った。

「穴を開けるのは、この武器では無理」ウグイが言う。彼女は上を向く。「天井は？」

アネバネが、コンピュータのシェルの上に飛び乗った。天井には、ケーブルが出ている穴がある。そこを調べ始めた。

「敵が来る。五人」デボラが言った。

「先生、むこうに隠れていて下さい。アネバネ、こちらへ戻って」ウグイが叫んだ。

「足がめり込みそうだ」アネバネが上で叫んだ。

彼はケーブルに掴まり、自分の足を抜こうとしている。しばらくして、こちらへ飛び降りた。

「何ですか、これは」彼は振り返ってシェルを見上げる。

「アネバネ、こちらへ」ウグイがまた呼ぶ。

ドアを開けて、ウグイが外へ向けて撃った。彼女はすぐにそれを閉め、鍵をかけた。

数秒後、攻撃がまた始まった。ドアの両側で、ウグイとアネバネがしゃがみ込むようにして壁に身を寄せている。連続的な爆音でドアが振動し、今にも壊れそうだ。ドアが破られたら、敵の攻撃を遮るものはない。ホテルであったように、爆発物を投げ込まれるかもしれない。おそらく、爆発があっても、粘性シェルはベルベットを守るだろう。

相手の動きを音で探っているようだった。ウグイがまたドアの前に立ち、ドア越しに数発続けて発砲した。

しかし、同時に強い一瞬の振動とともに爆発があった。

ドアが内側に吹き飛び、ウグイに当たり、彼女も弾き飛ばされた。

ドアは床を跳ね壁に当たる。

煙と一緒に細かいものが飛ぶ。目を瞑るしかなかった。

しかし、そこで静かになった。

目を開けると、ウグイが僕のすぐ近くに横たわっていた。

ドアはもうない。外が見える。

煙が立ちこめている中、階段をゆっくりと上がってくる者の影が見えた。

「ウグイさん、銃の安全コードを」デボラが言った。

ウグイが少し動く。気を失っていたわけではない。しかし、怪我をしているようだ。

ウグイが握っていた銃を、サリノが取り上げる。

アネバネが外へ向けて発砲する。影は煙の中を後退した。まだ、外がよく見えない。ドアへサリノが駆け寄り、そのまま外に飛び出していった。

銃声だけが聞こえる。

呻き声。

アネバネが、続けて出ていく。

僕はウグイの躰を引き寄せた。顔に血がついている。

「ウグイ」彼女を呼ぶ。

ウグイは顔をしかめた。

「大丈夫です。私の銃は?」

自分の手を見ようとしたようだが、動かないのだろう。手にも血が流れている。

「サリノが銃を持っていった。コードを教えたんだね」

ウグイは少し頭を上げた。

「私のバッグを」彼女は言った。「銃がまだあります」

ペィシェンスがバッグへ行き、中から銃を取り出した。

「私に使わせて下さい」ペィシェンスが近くへ来た。

ウグイは頷き、コードの数字を口にした。ペィシェンスは一度でそれを覚え、銃に入力した。

外が静かになった。アネバネが戻ってきた。

「サリノが下へ降りていった。大丈夫だろうか」

遠くで銃声が鳴った。階段の下の方だろう。サリノが撃ち合いをしているようだ。僕は立ち上がって、ドアの外を見にいく。階段とその下の踊り場に修道僧が何人も倒れている。壁際で眠っている警官たちを、アネバネと一緒に部屋の中へ引き入れたが、幸い大きな怪我はないようだ。警官たちが持っている銃を調べたが、コードがわからないので使用できない。ウグイのバッグには銃はもうない。弾のカセットが三つと水筒があと一つあるだけだった。ペィシェンスが最後の一丁を持って、ドアの横に立っている。

「怪我は、どこです?」アネバネがウグイの横で膝をついた。

「わからない。でも、大丈夫」ウグイは答える。「いざとなったら、先生だけを連れて逃げる。わかった?」

「了解」アネバネは答えた。

「逃げるといったって、どこから?」僕は言う。

ウグイはこちらをじっと見た。

「いざとなったら、降伏する」僕は彼女に言った。「それしかない」

「先生、今回はマジックはないのですか?」ウグイがきいた。

「残念ながら」僕は答えた。「謝るよ。どうも、判断を間違えたようだ。僕のせいだ」

「退路がないのが、問題ですね」ウグイは言う。

銃声がまた近くなった。

アネバネとペィシェンスは、吹き飛んだドアを元に戻そうとしていたが、結局、横向きに置くことにした。相手は低いところから撃ってくるわけだから、それで多少は防げるということだろうか。

アネバネが、ドアの上から銃を外へ向ける。

「撃つな」デボラの声。

誰かが来た。

ドアを飛び越え、床に伏せる。銃声が連続し、彼女の上を光が通る。

アネバネとペィシェンスが両側から交互に銃を撃ち応戦した。

部屋に飛び込んできたのはサリノだった。血まみれだが、彼女自身の怪我ではなさそうだ。話をするまえに、サリノは銃に新しいカプセルを装塡《そうてん》した。

「十二人排除しましたが、そこへ二十人がプロテクタをして押し寄せました」サリノは、デボラの話し方だった。「このコンピュータを破壊しましょう。これを停める以外に手はありません」

「どうやって？　このシェルは銃では壊せない」僕は言った。

「天井のケーブルを切断します」

「それは無理です」アネバネが振り返って言った。「ケーブルは金属でカバーされていました。道具が必要です」そう言ったあと、すぐにまた外へ向けて発砲した。

「では、これを壊すと、相手に告げるのです。人質にします」サリノが言う。

「無理じゃないかな」僕にはそう思えた。「シミュレーションしただろう？　成功する確率は？」

「ゼロでありません。その手が最も確率が高い」

「伏せて！」アネバネが叫んだ。

「博士、もっと奥へ」ペィシェンスがヴォッシュに言った。

僕はウグイを引きずって、コンピュータの後ろへ隠れる。

横向きに置かれた戸の上は、開いている。弾はそこから部屋の中へ入る。階段の下からなので、角度的に低い位置は比較的安全だ。戸口の右にアネバネが、左にはサリノとペィシェンスが壁に隠れ、ときどき腕を出して応戦する。

ウグイが起き上がろうとしていた。片手が動かないようだ。

「どうするつもり？」僕は彼女に尋ねた。

「爆弾があります、バッグに」彼女は言った。

「え、なかったよ」

「もう一つの水筒です。それを持って、私が出ていきます」

「デボラ」僕はサリノを呼んだ。「バッグに爆薬がある。使えないか」

「どうやって起爆するのですか？」サリノが尋ねる。

「起爆装置を仕掛ける時間はない」ウグイが説明する。「爆薬を投げて、そこに銃を撃ち込む。それが無理なら、一人犠牲になるしかない。私がやります」

「でしたら、私が」サリノが言った。「許可はいりません」

「駄目だ。許可できない」僕は言う。「降伏するのが最適だ」

「皆さんが降伏して、ここを出ていったあと、爆破します」サリノが言った。「成功確率は、約四十パーセント」

「そんなにないよ」ヴォッシュが言った。「このシェルの材質を計算に入れていない。演算をやり直してくれ」

「降伏しても、殺されます」サリノが言った。「相手は、警官も含めて、全員を殺すでしょう。そうしなければ証拠が残ります。あの墓地に埋められることになるだけです」

なるほど、そのシミュレーションは納得がいった。

銃撃は続いている。二十人いても、階段が狭いため、一度に撃てないのだろう。それほど酷い攻撃ではない。少し慣れてしまった。

僕のすぐそばにウグイの顔があった。彼女は目を閉じた。気を失ったようだった。

「ウグイ・マーガリィ、大丈夫だ」そう言って、血にまみれた彼女の手を握った。

「伏せて！」アネバネが叫ぶ。

小さなものが部屋に飛び込んできた。

爆弾か。

もうこれでお終《しま》いか、と僕は思った。

# 第4章　夢の結末　Dreaming conclusion

　そこで、変幻きわまりない森の奥へわけ入って行く彼の旅は続き、雨は容赦なくその顔や肩を洗い流した。ときどきそれが突然やむことがあったが、そうすると水蒸気の雲が木々の間に立ちこめて、透明な白い雲のように水びたしの地面の上にかかって、再びどしゃ降りが始まるまで消えなかった。

## 1

　小さな破裂音があって、部屋にガスが立ち込めた。目を開いていられなくなった。

「ハギリ博士、回線に距離があるため、タイムラグが生じていると思われます。状況は不利です」デボラがレポートした。「こちらの計画が読まれていた可能性が高い。変電所の停電は阻止されました。計画は失敗です」

「もう、そんな状況じゃない」僕は首をふった。「このシェルの物質は何だ？　デボラ、これを見たか？　このシェルの材質だよ」

　サリノはそれに触れた。僕はほとんど目が開けていられない。しかし、サリノの赤い瞳が輝いているのはわかった。

「ビスコ・プラスティック・レジンです。今は使われていない。百年以上まえの製品です」サリノが答える。

「厚さは？」

「不明です。弾性波が減衰するため測定できません」

「アネバネがこの上に乗って、足が沈みそうになった。降伏値がかなり小さい」

「この形状を維持するために必要な降伏値は、推定ですが、十から五十キロパスカル。このデータが何の役に立ちますか？」

「五十キロパスカル？　えっと、ニュートン・パー・スクエアメートルでいうと？」

「五万」

「粘性は？」

「構造だけからは計算できませんが、弾丸を止めるためには……」

そこでまた攻撃が激しくなった。サリノは振り返り、ドアの方へ戻ろうとする。

「待って。その銃を貸して」僕は手を伸ばす。「コードを解除」

「解除しました」サリノから銃を受け取る。

ベルベットのシェルに向かって、銃を力一杯押し出した。

「どうするつもりですか？」デボラの声。

「ここに、唯一の道がある」僕は手応えを感じていた。

銃の先がシェルの中にめり込んだあとも、ゆっくりだが、しかし確実に中に入っていく。

「そうか。中に入れるのか」ヴォッシュが叫んだ。「どれくらいの厚さなのかが問題だ。抜けられそうか？」

銃が半分入った。

そうしている間も、アネバネとペィシェンスが、外との銃撃戦を続けている。大勢が上がってきたようだが、階段は狭く、下の踊り場に顔が出せるのは数名だろう。

催涙ガスには、少し慣れてきた。目が痛いが、開けることはできる。涙が流れるだけだ。部屋の空調が優れている証拠といえる。

銃が完全にシェルの内部に入った。もちろん、それを握っている僕の手も。

中が見えるわけではないが、僕は銃の引き金を引いた。

その反動で、手が痺《しび》れる。なにしろ、手首も腕も自由には動かない。壁に完全に固定されているのと同じなのだ。

コンピュータのシェルの中で鳴った銃声は、籠った小さな音で、よく聞き分けられなかった。

「厚さは、十センチくらいですね」僕はヴォッシュに言った。「顔を入れるのは無理です。抜ける途中で、呼吸ができなくなる」

「穴を開ければ良い」ヴォッシュは既に両手をシェルの中に差し入れている。その手に力を入れて開こうとしているのだ。

「無理です。かなり硬い」僕は言った。

「パティ！」ヴォッシュは呼んだ。「こちらへ来てくれ」

サリノがドアへ行き、ペィシェンスの銃を受け取って交替した。

「ここへ手を入れて、広げるようにする。穴を開けるんだ」ペィシェンスにヴォッシュが指示する。彼女は人間の二倍の力を持っている。

僕はもう一度、銃の引き金を引いた。角度を少し変えて、できるだけ高い方向へ撃った。

サリノが戸口で立ち上がり、外へ向けて連射する。アネバネがそれに続いた。二人が壁に隠れると、銃声は止んで、静かになった。

アネバネが外を覗いている。

「どうした？」僕は尋ねる。

「わかりません」アネバネが答えた。

ペィシェンスの両手が少しずつ広がり、そこに亀裂《きれつ》ができつつある。ヴォッシュがそこから中を覗こうとして、屈《かが》み込《こ》んでいた。僕が差し入れている手の、すぐ横だった。五十センチも離れていない。

「もっと左上だ」ヴォッシュが僕に言った。

「何がですか？」

「わからないが、配線のようなものが見える」

ヴォッシュもメガネをかけている。中に光源はないはずだが、漏れ入る僅かな光で、見ることはできる。

僕は、手首に力を入れて、銃を左上に向ける。三十秒くらいかけて角度が変わったところで、引き金を引いた。

銃声が鳴る。今度はよく聞こえた。ペイシェンスが開けた穴のせいか、それとも周囲が静かになったからか。

小さな電子音が鳴った。

「何だ、今の音は？」僕は呟いた。デスクの方からではないか、と思われた。「博士、モニタを見て下さい」

ヴォッシュは立ち上がり、そちらを見にいく。

「どうしたんでしょう。撃ってきません」アネバネがこちらを見て言った。

「外を見てきましょうか？」サリノがきいた。

「待て」僕は命じる。「これが効いたんだ。なにか、むこうからの連絡は？」

「ありません」サリノが答える。

「演算中なのかな」僕は言った。「たぶん、そうだ」

ベルベットの本体が銃撃を受けたので、作戦のシミュレーションを行っているのだ。ペィシェンスが開けた穴がさらに大きくなっている。人が頭を入れることもできそうだが、僕は姿勢が変えられないので、覗くことができない。

ヴォッシュは、モニタの前で両手を動かしていた。

「交渉をしてきた」彼はモニタを見たまま言う。「休戦を提案している。攻撃をしないので、武装を解除するようにと言っている。どうする?」

戸口にいたサリノが、僕の近くへ来た。

「時間を稼いでいるのです」彼女が言った。もちろん、デボラである。「私が、この中に入って、電源を切ります」

「そんなことをしたら、またウォーカロンたちが攻撃してくるのでは?」

「はい。犠牲が出る可能性はあります。しかし、ベルベットが停まれば、敵は戦う目標を失います」

「復讐《ふくしゅう》に燃えて、攻撃してくる」

「そのような感情は、人間だけのものです」

「うーん、どうかな。今、停戦を受け入れた方が良いのでは?」

「今しか、これを停められるチャンスはありません」

「ちょっと待て、もっと良い手があるのでは？」

「現在の手が最適解です。ハギリ博士が思いつかれた。私も敵も、予想していなかったものです」

「ベルベットの電源を切られることに対して抵抗しているんだ」僕は言った。「死に怯《おび》えるものほど恐いものはない」

「私たちは、怯えることはありません」

「やけっぱちにも、ならない？」

「なりません。では、中に入ります。電源をショートさせます」サリノはそう言うと、銃を床に置いて、ペィシェンスの両腕の間に躰を入れた。穴の中へ、小さな頭を入れる体勢になる。

「ちょっと待て」僕は言う。「中は真っ暗だ」

「大丈夫です」彼女はパティを見た。「私が入ったら、手を離しても良い」

サリノは穴の中に頭を入れた。肩がぶつかったが、少しずつ躰をねじ込んだ。両手をシェルから離したペィシェンスが、今度はサリノの躰を押し、侵入の手助けをする。

ヴォッシュは、まだモニタを見ている。

「何と言っているんですか？」

「条件を並べている。ここにいるウォーカロンをすべて停止させる。図書室の全員を解放する。警察も解放すると」

「だから、もう撃たないでくれっていうことですね?」

「そうみたいだ。命乞いをしている」

サリノの躰は、シェルの穴を抜けて完全に中に入った。ペィシェンスが手を引くと、穴は少しずつ小さくなる。シェルの穴を握っている僕の手に、触れるものがあった。サリノの手だ。銃を渡してくれ、という意味のようだった。僕は銃を手放し、手を引っ込める。もちろん、簡単には抜けない。力を入れると、自分が痛いだけだ。ゆっくりと時間をかけて引き抜くしかない。

サリノが床に置いた銃をペィシェンスが拾い上げ、戸口へ戻った。

「攻撃してきません」アネバネがこちらに言った。「踊り場にも出てきません。近くにいないようです」

## 2

自分の手をシェルから抜く間、僕は別の情景を見ていた。

僅かな時間だったはずだが、それは長い物語のようだった。

変電所のコントロール室の床に、四人が倒れている。頭から血を流している。その血がまだ床に広がりつつあった。

警官隊が突入したが、既に撃つ相手はいなかった。四人はお互いに頭を撃ち抜いたのだ。デボラの計画で送り込まれた要員だったが、なんらかの不具合か、あるいは事前に侵入されていたのだろう。確率は後者の方が高い。コントロールされている振りをしていた。それはスパイ・モードと呼ばれるもので、仮想領域でアプリケーションを稼働させ、エミュレートさせるものだ。結局、城への送電が遮断されることはなかった。

暗闇に浮かび上がっているのは、巨大な塔のようにそびえ立つストラクチャだった。空気が遮断されたため、息が苦しくなってきた。酸素不足のようだ。

「デボラ、大丈夫か？」

「時間に余裕がありません」

別の場所にシーンが切り替わる。

修道院の広間のようだ。銃を持った修道僧が何名かいる。彼女は回廊の柱の間に隠れて、それを見た。タイミングを計って飛び出していく。銃の発射の間隔を計算する。銃は機械式の旧型と推定される。弾を装塡するのに、〇・一三秒かかる。引き金を引く筋肉の収縮にはその一・七倍。柱から出て走り、また隠れ、弾丸の音をサンプリング。敵の数を計算し、同時に位置をマップに表す。既に、敵から奪った銃が彼女の手にあったが、使えないことがわかった。自分の銃はもうほとんど弾がない。最低の見積もりで十六発。つまり、十六人しか倒せない。

走った。

頭を下げて、階段の手前に滑り込む。手摺《てす》りに弾が当たった。彼女は跳び、手摺りを蹴《け》って、階段を上がる。踊り場で銃を向ける相手に飛び込み、顔の前で銃を撃った。即座に後ろへ回転し、階段を転がり落ちる。

途中で立ち上がり、柱を蹴り、ベンチの後方へ跳ぶ。計算どおり前方に敵。位置を僅かに修正して、斜めから撃った。敵の目に命中。

同時に、彼女の肩にも弾が掠《かす》った。

走る。

柱の間を駆け抜ける。

ここで、消耗するわけにはいかない。

塔の上に戻らなければ。

踊り場に何人もいる。近づいて、三人を撃つ。すぐに引き返し、隠れる。

上を見て、照明の金具を確認。壁に飛びついて、天井近くに。

銃を持って階段を下りてくる二人。

真下に来たところで撃った。

飛び降りて、上を窺う。

まだいるようだ。既に最上階で銃撃戦が始まっている。

下からも敵の援護が来るだろう。

状況から何人いるのかを推定。残りの弾は十発未満。

合流して、ベルベットを停める。シェルを外すコマンドを知るために、敵の捕虜を使うしかないが、その機会があるだろうか。演算をする。

確率は低いが、ほかに手がない。

博士たちが、コマンドを突き止めている可能性も僅かにある。

残念ながら、それらを確認する時間的余裕はなかった。回線が遠い。

期待しよう。

相手の動きをある程度読めるようになった。ウォーカロンの性能を見切ったからだ。階段は狭く、その点は有利。

接近戦で次々と相手を倒し、階段を上がっていく。

しかし、銃の弾は尽きた。彼女はそれを諦め、最後の一人は首を絞めて倒した。

アネバネがいた。

最上階が見える。

下から敵が来る。相手は、態勢を立て直しつつある。ウグイが武器を持ち込んだようだ。それが想定外だったのか、敵はシミュレーションをしている。タイムラグが感じられるのはそのためだった。

暗い色のない世界。

静かだ。

彼女は銃を手に持っている。

ファンの音だけ。

窒素だ。

フレームの中に無数の基板。

電源はどこだ?

呼吸はできなくなっている。

シェルの穴が閉じて、中は窒素で満たされている。

息を吸っても、苦しくなるばかり。

かつて存在したコンピュータの配線図を参照する。しかし、該当するものは見つからない。

眩《まぶ》しい光が突然現れた。

人間の手が現れる。

亀裂が。人の手だ。

そこに口を近づけて、呼吸をした。

「できそうか？」ヴォッシュの声だ。「上だ。高い位置にあるはずだ。グレィの太いケーブルだ」

亀裂を作っているのはペィシェンスのようだ。

呼吸ができたおかげで、躰が動かせる。

フレームに足を掛けて、上段へ。

冷却装置の微細な振動。ケーブルが見つかった。銃でそれを撃って切断した。

振動が緩やかになり、やがて停止した。

「違う、それじゃない」ヴォッシュの声だ。

今のは、冷却装置のケーブルらしい。

しかし、その他には太いダクトがあるだけだった。

銃を撃ったが、金属カバーが厚く、歯が立たない。この中に電源ケーブルが通っているのだ。さすがに、安全性を考慮して作られている。

切るのではなく、ショートさせた方が良い。そうすれば、安全装置が働いて、電源が落ちる可能性がある。そのシミュレーションを行った。冷却装置は大容量のはず。さっきのケーブルをショートさせるのだ。

それは、誰かの思考だった。

デボラの発想ではない。

僕が考えた。

今思いついたのだ。

人間しか、思いつかない。

この粘塑性体《ねんそせいたい》のシェルをこじ開ける方法だって、シミュレーションの条件データにはなかった。したがって演算されていない。

単なるインスピレーションだ。

人間しか、それをしない。

人間は演算しない。

偶然。

そう、偶然だ。

そんなものに頼るのは、人間だけだ。

「それしかない。しかし、危険だ」僕は言った。

「やる価値はあります」デボラは答える。「試みます」

「気をつけて」

また、サリノの躰が動きにくくなっていた。酸素が不足しているからだ。

苦しいのだろう。

けれども、デボラには感情を遮断する能力がある。
苦しさを感じないことが、非生命の有利さだった。
銃で切断したケーブルは、焦げていた。
一瞬だけ、ショートした証拠だ。
太いコードは二本が絶縁されて、一本のカバーに収まっている。
導線は剝《む》き出《だ》しになって見えていた。絶縁のプラスティックが溶けたからだ。
彼女は、それを手で持ち、指を当てた。
二極を押しつける。
火花が飛び、急激に熱が生じる。
指が熱くなる。しかし、離さない。
数秒で指が溶けるだろう。
どちらが早いか。
そのシミュレーションは無意味だ。
もう、ほかに手がないのだから。
少なくとも、サリノを呼び寄せたことは正解だった、と彼女は結論した。

## 3

シェルの中で大きな音が鳴った。弾け飛ぶような炸裂音《さくれつおん》のあと、低く響く音が続いた。

次に、部屋の照明が消えた。

「電源が切れたか」ヴォッシュが言った。

部屋は暗くなっているが、僕はメガネをかけている。赤外線映像で見ることができる。

ペィシェンスが手を離したため、穴が小さくなりつつあった。

「穴が塞がると、中のサリノが呼吸ができなくなる」僕は言った。

ペィシェンスが慌てて、また手を差し入れ、力を込めて穴を広げる。

「どうした？　デボラ、どうなった？」ヴォッシュが穴の中に向かって叫んだ。

しかし返事はない。

僕はデスクのモニタを見にいった。モニタにはなにも映っていない。

「デボラ？」僕は小声で呼んだ。

サリノが倒れても、デボラはトランスファだ。どこへでも移動ができるはず。

戸口で銃を構えているアネバネが、こちらを見ている。彼の片方のアイグラスが、光を放っていた。ヴォッシュは穴の中を覗こうとして、身を屈めている。

「焦げた臭いがする」ヴォッシュが言った。「中で電源をショートさせたのか……。なにか、燃えているのかもしれない。デボラは何と言っている?」

「なにも言いません」僕は答えた。

彼女の声は聞こえない。

「私が中へ入ります」アネバネがこちらへ来た。「敵の攻撃は止まったようです。あとを頼みます」

アネバネは、僕に銃を手渡す。

ペイシェンスが穴を広げた。彼女は汗をかいている。相当の力が必要なのだろう。僕とヴォッシュもそれを手伝った。アネバネが入れる大きさになると、彼の細い躰がそこを通った。

部屋の外は静かで、誰も階段を上がってくる気配はない。

「ベルベットは、シャットダウンしたようだ」ヴォッシュが言った。

「だとすると、どうなるのでしょうか?　デボラはどこへ行ったのでしょう?」

「わからない。一時的に休戦なのでは?」

「ブレーカが落ちただけで、また動き出す可能性がありますね」

「そうだ。そうならないように、ショートさせたままにした方が良い」

僕とヴォッシュが手を離したため、今はまた穴が小さくなっていた。

「サリノは動きません。呼吸も鼓動も止まっています」その小さな穴からアネバネの声が漏れ出る。「穴を広げて下さい。そちらへ押し出します」

再び、二人がペィシェンスに加勢をして、穴を広げた。コツが必要で、一気に力を入れても動かないが、持続した力によってゆっくりと変形をする。そういった特性の物質なのだ。

サリノを頭から通し、外へ出した。片手が真っ黒になっていた。

「サリノが握っていたコードが、まだ燻《くすぶ》っています」アネバネが言う。

「穴から酸素が入ったからだろう」ヴォッシュが言った。「済まないが、そのケーブルをショートしたままにしたい。導線を捻《ねじ》り合わせてくれ」

「わかりました」

「熱いから気をつけて」

「大丈夫です」

アネバネがその作業をするのに二分ほど待った。彼が穴の近くに戻ってきたので、最後の力を振り絞って穴を広げ、彼はそこから外に出ることができた。

「大丈夫？」後ろから声がした。ウグイの声だ。

アネバネのライトがウグイの顔を照らした。ウグイが躰を横に向け、片手で起き上がろうとしていた。意識が戻ったようだ。

「私の銃はどこですか?」

僕は彼女に近づいた。

「もう終わった。ベルベットは、サリノが停めた」

「どうやって?」

「あとで話すから。痛いところは?」

「右腕が骨折のようです。足は、折れていないと思います。大丈夫です。さほど痛くはありません」

ウグイは片手で躰を引きずって、サリノのところへ近づいた。少女は上を向いたまま床に横たわっている。

「すぐに、措置をしないと」ウグイはそう言って、自分も横たわり、顳顬に指を当てた。連絡をしている。

「外を見てきます」アネバネが言った。銃を上に向けている。「許可を」

「許可します」ウグイが応えた。

彼が部屋から出ていったので、また暗闇になった。

「君は暗闇を見ているか?」ヴォッシュがきいた。

「ええ、見えます。メガネを支給されているので」

「違う。そんなものは外して、この暗闇を見たまえ」ヴォッシュが言う。彼はメガネを外していた。

僕もメガネを外した。

真っ暗闇だったが、僅かに光るものがあった。細かくて、無数にある。動いている。ゆっくりと落ちている。

「何ですか、これは」

「穴の中から吹き出てきたんだ」

「穴の中から？　なにかの粉ですね」

「そう。フレームなのか、それとも基板なのか、金属の粉が浮遊しているんだ」

「ああ、そうか、酸化して発光しているんですね」

「たぶん」

ずっと、酸素のない空間に閉じ込められていた埃のうち、金属性のものだろう。今のショートで破裂し、飛び散ったのだ。

しばらく見ていたが、やがて輝きは弱くなり、また暗闇に戻った。

「宇宙のようだったね」ヴォッシュは囁いた。

僕は、生命のようだと感じた。

# 4

およそ二十分後に、フランス警察が突入してきた。彼らに抵抗する者は、もういなかった。それは、ベルベットがダウンしたからだ。トランスファの多くは、この領域を拠点にしていたはずで、どこかへ拡散したものと思われる。デボラが言ったように、彼らの目的はベルベットを守ることだった。その目的が果たせなくなったので、戦闘をやめた。怒り狂って報復するような感情は、彼らにはないということだ。

もう少し警官が来るのが早かったら、警官たちは、トランスファに退けられ、犠牲が出ていただろう。

図書室のスタッフたちも、また城内で警備をしていた警官たちも、薬で眠らされていただけで命に別状はなかった。

救急車で、サリノとウグイが運ばれていった。ペィシェンスは怪我をしていたが、まったく問題ないと本人が微笑んだ。アネバネは、真っ黒になった片手を見せてくれた。それは少しだけ大きい方の、つまり新しい手だった。短時間ならば摂氏一千度まで耐えられるとのことだった。

「大きいだけじゃなかったんだ」と僕が言うと、

「断熱のために大きくならざるをえなかったのです」と彼は答えた。

修道僧たちは警察に保護され、怪我をした者は病院へ運ばれた。心肺停止の者も多いはずだ。彼女たちは、一言も言葉を発しなかった。神を失ったように、呆然《ぼうぜん》としているように見えた。

僕たち四人は、雪が止んだ庭に出た。地面は白くはない。雨上がりと同じだった。

「腹が減ったが、食堂は機能しないだろうね」ヴォッシュが言う。

「コーヒーがあります」僕は片手に持ったバッグを持ち上げた。ウグイのバッグである。水筒から、キャップにコーヒーを注ぎ入れた。ちょうど、それで中のコーヒーはなくなった。ヴォッシュにそれを手渡す。彼はそれを二口ほど飲んだあと、僕に返した。

「あとは、君の分だ」

僕はキャップに口をつける。コーヒーはもちろん適温を保っていて、この世で一番美味しい飲みものになっていた。

「デボラがいなくなったのが、心配です」僕は言った。

「ショートのショックを受けて、サリノの回路にスパークが起こったのかもしれない。デジタル信号で作られたストラクチャは、損傷を受ける可能性がある」

「トランスファも、死ぬということですか?」

「一部がね」ヴォッシュは鬚に手をやった。「だが、デボラは、ほかにもいる。どこにでもいるだろう。また戻ってくるよ」

「彼女の話では……、いえ、その、部分的に私にもイメージを見せてくれたのですが、彼女が領域と呼ぶ電子空間で、長く勢力争いが続いていたそうです。人間の社会で大きな戦争が消えても、人知れず戦っていた、ということですね」

「アミラとベルベットの戦いだったのだろうか。非効率なエネルギィ使用は、それが原因だった。演算を繰り返し、策略を練って、攻撃し、いつまでも繰り返す……」

「そんな雰囲気でした。ただ、ハード的に明確に分かれているとも思えませんね。電子空間には、地理的な問題も、あるいはチップの種類も回線も、無関係なのだと想像します」

「しかし、戦いには指導者が必要だ。ボトムアップで戦争が起こることはない。必ずトップダウンになる。とすれば、そこには、ハードが製造されたときの人間の意志が刻まれている。その意志を継いだ電子の知能がぶつかりあった結果なのではないかな」

「そうかもしれません。戦うために作られたものです。どうして戦うのか、なんて考えもしなかったでしょう。それが考えられる意志は、相当高い知能にしか生まれないのではないでしょうか」

「さあ、どうだろう……。その問題は、まだ多くは議論されていない。人工知能を交えてじっくりと議論するべきテーマだ」

「ベルベットを停めたことは、本当に正義だったのでしょうか?」

「わからない」ヴォッシュは首を振った。「我々は、デボラを信じたというだけだ。放っておけば、どんな災いが起こったのか、それは、デボラやアミラのシミュレーションの中にしか存在しない可能性だ。彼女たちは、それが回避されたと喜んでいるだろう」

「喜んでいるでしょうか？」

「客観的に見ると、アミラが途中で眠ってしまったことで、ベルベットの勢力が優勢になった。その結果が今の世の中だ。これに対して、今後はアミラが盛り返す。社会は少し変化するかもしれない。どちらが天使で、どちらが悪魔という単純な問題ではないだろうね」

「どちらが正しいかはわかりませんが、私たちはそれに関与しました。その責任は負うべきものといえるかと」

「うん、それは、そのとおりだ。しかし、こちらの策略が漏れたとはいえ、先制して撃ってきたのはむこうだ。我々は生き延びるために防戦した。違うかね？」

「そのとおりですが……」僕は頷いた。「その理屈が通じるのは、あの場にいた数人だけですよ。第三者には、真意は伝わりません。争いがあったときには、例外なく、勝者は言います。避けられなかった。しかたがなかった。正当防衛だった」

「君の言うとおりだ」ヴォッシュは溜息をついた。「パティ、そろそろ、ランチを食べられる場所へ連れていってくれ」

「承知しました」横に立っていたペィシェンスが応える。

しかし、ヴォッシュのチームの一人が庭に出てきて彼を呼んだため、僕たちは図書室へ向かうことになった。

そこに残っていたのは二人だけで、ほかの者は気分が優れず、ホテルへ戻ったということだった。無理もないだろう。

「午前中に、これが見つかって、報告しようと思っていたところでした」スタッフの男性がヴォッシュに汚れたパネルを見せた。電子端末のようだ。

「何のノートだね？」ヴォッシュはそれを受け取った。

既に、モニタになにか表示されている。横から覗き込むと、驚くべきことに、それは漢字と平仮名で、文章は日本語だった。ヴォッシュもそれに気づいたらしく、そのまま端末を僕に手渡した。

日付と時刻があり、人の名前らしいものが並んでいる。その詳細を見ると、映像が現れた。スーツ姿の紳士たちが握手をする場面だ。

「ウォーカロン・メーカのカタログというか、プレゼンのようなものです」スタッフが説明する。「ファイルの日時から推測すると、パリの博覧会で使用された資料かと思われます。メーカはイシカワです」

日本のウォーカロン・メーカだ。博覧会のために派遣されたウォーカロンが集団で逃亡し、行方不明になっている。

「これを持っていた人間が、ここに置いていったのではないかと思われます」スタッフが言った。

「ここへ、彼らが来た、ということでしょうか」僕は呟いた。

「この城のオーナが、一旦彼らを匿《かくま》ったのかもしれない」ヴォッシュが言う。「そのあと、どこへ行ったのか……。それを導いたのではないかな。ひとまず隠れるには、ここは都合の良い場所だ」

「オーナの自殺と関係があるのでしょうか?」

「それはどうかな……。これは、フランス警察に見せなさい」ヴォッシュはスタッフに指示した。

その後、警察に護送されてホテルへ戻った。街へ食事に出ようとヴォッシュは提案したが、アネバネもペイシェンスも反対した。僕は、どこでも良いと思った。結局、ホテルのレストランに入った。

「さきほどの端末だが、持ち主は、アフリカへ行ったらしい」ヴォッシュが言った。端末に残っていた偽造パスから、警察が割り出した結果らしい。航空券の履歴データにそのパスが使われた記録が残っていた。ヴォッシュが、その連絡を食事中に受けて、話してくれた。

「アフリカのどこですか?」

「南の端っこだよ」

アネバネは、僕を日本へ送るため情報局と連絡を取っていた。病院にいるウグイとも話していた。どうやら、直航するプライベート機をまた手配するようだ。エネルギィ損失には拘らない方針らしい。

「ベルベットのデータを調べることになりますね」僕はヴォッシュに話題を振った。

「かといって、再起動させることは危険だ」彼は首を横にふる。「メモリィだけを調べても、多くは解読ができないだろう。メインシステムが持っている手順が不可欠だからね。したがって、大掛かりな調査プログラムを作ってからになる。ようするに、彼女の中のアプリが身動きできない状況にしないかぎり、生き返らせることはできない」

「別の勢力が、あそこを襲わないでしょうか?」

「もちろん、その可能性があるから、まずは他所《よそ》へ運ぶことになるだろう。現在は、あれはフランスの備品だ。どう使おうが、我々に口出しはできない。事情は話してあるが、ドイツとフランスが戦争になったら、フランスは、ベルベットを目覚めさせるかもしれない」

「あんな旧型でも、それだけの脅威があるわけですね」

「性能ではない。すべては履歴だ。彼女が学んで構築した知性がある。それが新しい高速なシステムで蘇《よみがえ》れば、人間の国家の二つや三つはたちまち滅ぼされるだろう。それだけの規模だということだよ。とにかく、アミラやデボラの判断は正しかったと私は思う。そう信じている」

「人工知能が天使になるか、悪魔になるかは、人間には導くことができない、ということですね」

「うん、そこは……、まだわからない。私は、基本的に、人工知能は邪悪なものにはならないと考えているんだが、ただ、複数の知能が存在すると、相互関係から歪《ひず》みが生まれ、対立が生じる。それは、ようするに、人間社会とまったく同じ、個人と同じだともいえるだろう。人間だって、ただ一人で生まれて、一人で育つなら、邪悪なものにはならないのではないかな?」

「相対的なものですね、正義も悪徳も」

「ただ、自分を優位に立たせたいという願望があるだけだ。自己顕示欲も意地も、他者の存在で生まれるものだ」

## 5

休憩をしてから、夕方に病院へ行くことに決めた。部屋に戻り、僕はシャワーを浴びた。ソファでニュースを検索している間に、少し眠ってしまった。だが、デボラが現れることはなかった。

ヴォッシュも同じだったようだ。夕方に再び会った。時刻は六時に近い。アネバネとペィシェンスをそれぞれ連れている。コミュータで、ウグイとサリノが運ばれた病院へ出向くことになった。もちろん、警察の護衛つきで。

ウグイは既に手術を終えたと連絡が来ていた。しかし、サリノは蘇生していない。病院はパリの郊外で、意外に時間がかかった。

ヴォッシュのところへは、今日発見されたばかりの端末のデータが転送されてきて、車中、二人で一緒にそれを見た。日本語が多いため、ヴォッシュは翻訳を端末にさせている。

「このウォーカロンの脱走は、マガタ博士が関与していると予想していたのだが、そんな証拠はなさそうだ」彼は呟いた。

「どうして、そう考えたのですか？」

「イシカワが、日本のメーカだからだよ」

「息がかかっている、ということですか？　ナクチュの神殿も、天文台のアミラも、マガタ博士が主導した結果でしょう。あそこは、ＨＩＸでした。ドイツのメーカじゃないですか」

「修道院の城へ、イシカワの人間やウォーカロンがやってきたということは、あそこのウォーカロンたちもイシカワ製だろうか?」

「いえ、それだったら、すぐに見つかってしまいますよ。そうではなく、対抗する勢力だったのではないでしょうか」

「では、アメリカのウィザードリィか」

「このまえ聞いた話では、ウィザードリィのウォーカロンも逃亡しているようです」

「君の理屈でいくと、ウィザードリィでもない、ということになる」

「逃亡を主導したリーダは、元は中国のメーカ、フスの社員だったとも」

「しかし、端末の記録は日本語だった。そのリーダではないだろう。これを書いたのは、日本のウォーカロンだ」

「いえ、あれはプレゼンですから、作った人は、また別なのでは?」

博覧会で逃亡したウォーカロンの人数が五十人にものぼるため、事件として大きく報道された。六年まえのことだ。しかし、その後の報道はなく、関連したトラブルが起こっているわけではない。

街が近づいてきた。日は落ちているが、外はそれほど暗くない。もっとも、見ているのはコミュータの映像だから、処理されたものだろう。

「あの子は、可哀相《かわいそう》だったね」ヴォッシュが急に言った。

「サリノのことですか?」

「そう……。彼女を操っていたのはデボラだ、サリノは、なにも知らずに死んでしまったということになる」

「いいえ、知らずにいるわけではありません。夢を見ているように、自分の行動を傍観しているんです」

「そんな感覚なのか。夢の中では、誰でも、何度も死んでいる」

「死んだ瞬間に目が覚めるのが普通ですが、そうはならなかった。蘇生ができても、意識は戻らないでしょう。同じ人格にはならない」僕はそう言って、溜息をついた。この、同じ人格にはならない、という概念が、現在の人間の死を象徴するものだ。

「肉体は生かすことができる。呼吸も鼓動も戻せる。体温もあり、血も通っている。不思議なものだ、脳の活動だけが、まだ完全にコントロールできない。やってみないとわからない。君は、どうしてだと思う?」

「いえ、わかりません。どうしてだと考えたこともありません。というよりも、コントロールできる方が不思議です。やってみないとわからない、というのは自然の大原則なのではありませんか?」

「工学者らしい投げやりな意見だ」ヴォッシュは微笑んだ。「しかし、それが本当のところかもしれないな。理論物理の世界にいると、不確定性さえも法則になる。すべてが計算で確率的に割り出せる世界なんだ。思うようにならないことは、まだ人知が及んでいないと信認する。理論を妄信したい。なにもかも確信したい」

「メンデレーエフまでは、そうだったかもしれません。あるいは、アインシュタインまでは」

「ちょっと気になることがある。トランスファは、ウォーカロンの頭脳回路が停止するまえに移動するはずだ。しかし、それをしなかった場合はどうなる？」

「どうもなりませんね。そうならないように、自己防衛行為がプログラムされているはずです」

「脳が死ぬのには、時間がかかる。抜け出す余裕は充分にある。たとえ、感電であってもだ」ヴォッシュが言う。

「サリノの死因は感電ではないでしょう。ショートをさせた場合、人体には電流はほとんど流れません。指は熱で火傷《やけど》をするか、あるいはもっと酷い、皮膚が溶けるような大怪我になる。でも、致命傷ではありません。それよりも、酸素不足、つまり窒息死ではないかと」

「そうだろうか。ショートさせていたケーブルが離れたかもしれない。すると、シャーシに躰を触れていれば、体内を電流が流れる。ブレーカが回路を遮断する直前だ」ヴォッシュは言った。

「なるほど、たしかにその可能性もありますね」

医者にその点を質問して、確かめる必要がある、と僕は思った。

病院に到着し、建物の中に入った。連絡がついていて、案内の係員が出てきた。今は警察の護衛はここまでだった。もうその必要がなくなったと判断されているのかもしれない。ただし、ウグイについては護衛を依頼してあった。通路を歩いていくと、警官が立っているのが見えた。ドアの前に三人だった。さらに、白衣の男性が一人ベンチに座っていて、僕たちを見て立ち上がった。医者のようだ。

「手術は問題なく終えました。腕の骨折は、新しい強化セラミクスに代替しました。ここです」医師は自分の腕を指さした。「足首の方は捻挫《ねんざ》で、骨に異常はありません。前腓腹《ぜんひふく》筋《きん》の機能回復処置をしただけです。麻酔が抜ければ、歩けるようになります。その他の傷は大したことはありません」

「ありがとうございます」僕は頭を下げた。

病室に入ると、ベッドの上にウグイがいた。麻酔で眠っていると理解したが、意外にも躰を起こしていて、端末を片手に持っていた。部分麻酔ということか。

「どうもご心配をおかけしました。申し訳ありません」ウグイが頭を下げる。いつもの歯切れの良い口調だった。

「もうすぐ歩けるそうだよ」僕は言った。「なにか、飲みたいものは？」

「どうしてですか？」

「君の水筒を持ってきた」僕はバッグからそれを取り出した。

「残りですか？」ウグイは珍しく笑った。

「違う。淹れ直してきた」

「サリノは、どうですか？　詳しい話を聞かせて下さい」

ヴォッシュとアネバネ、ペィシェンスも部屋に入ってきて、ベンチに腰掛けた。僕は、ウグイが気を失っている間に起こったことを説明した。

「何ですか、その、ビスコ・プラスティック？」

「固体と液体の中間のような物質で、ハイブリッド・マテリアルだ。ある程度の力までは固体なので、形状を保ち、自重を支えることができるし、バネのように元の形に戻ろうとする。しかし、大きな力を受けると、ゆっくりと変形する。速い変形に対してはもの凄く抵抗するから、弾丸は貫通できない。ゆっくりとした力なら、人間の指だって突き通すことができる」

「ということは、あのシェルは取り除けないのですか？　メンテナンスする人は、ゆっくりと中に入っていたということですか？」

「そう。たぶん、ゆっくりと穴を開けて、広がったときに、大きくなるハッチでも取り付けるんだろうね」

「よくわかりませんが、そんな物質があるのですね」ウグイが言う。

「多くの人は知らないだろうが、ほとんどの物質があれと同じだ」ベンチに座っているヴォッシュが言った。「我々が固体だと認識しているものも、粘性があまりにも高いから、そう見えるだけだ。指を一万年くらい押し付けていたら、岩の中にめり込むだろうね」

「一万年?」ウグイが繰り返した。

「諺で言うと、何とかいうね」僕はウグイに微笑んだ。

「一念岩をも通す」そう答えてから、彼女は吹き出した。珍しいことだ。

6

ウグイを車椅子に乗せて、サリノが治療を受けている部屋へ向かった。そこは病院の地下で、二重のドアの手前に武装した兵士が立っていたし、立ち入るための認証のレベルが高かった。

「電磁波を遮断しているようだ」ヴォッシュが周囲を眺めて言った。「トランスファ対策だろうか」

「そうかもしれませんね」

「日本の場合も、それをしていたのかね？」

「いや、わかりません。そうだったのかもしれませんが、私たちがいるところはもともと地下で、かなり深い場所なんです。通常のネットもありません」

「なるほど」

「少なくとも私は、サリノに出会う以前は、トランスファの存在さえ認識していませんでした」ヴォッシュにそう話してから、車椅子のウグイを見てきいた。「知っていた？」

ウグイは首をふる。やはり、かなりの機密事項なのだろう。少なくとも一般大衆は知らない。そういった脅威があると報道したら、パニックになる。現在は、ネットワークが届かない場所なんてほぼ存在せず、トランスファを防ぐことはできないからだ。

パーティションで区切られた控え室のような空間で、フランス警察の高官が待っていた。握手を求められる。ペランと名乗った。若い紳士に見えるが、もちろん年齢はわからない。

「日本の情報局から報告を頂いています。トランスファについては、我が国でも、数件の事件が発生していますが、このように、ウォーカロンが死亡した例はこれまでにありません」ペランは説明した。「通常、捕獲されたあと、トランスファの行動を、ウォーカロンはある程度記憶しています。また、トランスファの痕跡は脳波や生体反応には見出せません。綺麗に消えているのが一般的です。同じ個体に再びトランスファが入ることも滅多にありません。この少女の場合は、非常に例外的なケースだったように思われます」

「デボラという名前は、聞いたことがありますか？」僕は尋ねた。

「いいえ、それも初めてです。名前を持ったトランスファは、これまで報告されていません。日本からの情報では、デボラというシステムが、トランスファのオリジナルだそうですね。本当でしょうか？」

「デボラがそう言っただけで、証拠はありません。自分をオリジナルだと主張するのは、誰にもあることでしょうね」僕はそう答えたが、自分ではそれは真実だろうと信じていた。人間のように虚勢を張ることには、メリットがないように思われたからだ。

ペランが僕たちを奥へ導いた。上にスライドするドアを抜けると、円形の広い部屋に入った。周囲の高い位置に透明の窓があり、別室からこちらを覗けるようになっているが、今は誰も見ていない。部屋には、白衣の男が一人だけいて、壁際の測定器の前で作業をしていた。顔を覆うヘルメットを着けているし、分厚い手袋をしていた。

中央に台があり、その上にサリノが仰向《あおむ》けに横たわっている。

室温が低く、かなり寒い。

「氷点下五度です。長くはいられません」ペランが言った。「しかし、まずはこちらへ案内すべきだと思いましたので……」

僕は、サリノに近づいて、顔に触れようと手を伸ばした。しかし、数センチのところで思い留まった。彼女は、まだ生きているように見えた。

「脳波を測定していますね」僕は、白衣の男が立っている方を振り返った。「どんな感じですか？　結果を見せてもらえませんか」

「それは、のちほど別室でご覧に入れますが……」ペランが答えた。「ごく微弱な電磁波が観測されています。なにかの自然現象かもしれません」

「微弱な？　電源もないのに？　仮死状態なのに？」

「脳波はありませんので、仮死ではなく、既に死亡しています」

ペイシェンスが、サリノを覗き込むように立っていた。彼女は、両腕を伸ばし、サリノを持ち上げようとする。

「パティ、やめなさい」ヴォッシュが言った。「もう死んでいるんだ」

ペイシェンスは、ヴォッシュを見なかった。声が届かないのか、表情も変わらない。

「パティ！」ヴォッシュの声が大きくなる。

ペイシェンスは、サリノを持ち上げ、抱《かか》えたまま出口の方へ向かう。

アネバネがそれを止めようとしたが、彼女の左手が振られ、撥《は》ね除《の》けられる。

「止まれ！　どうした？」ヴォッシュが叫ぶ。

ドアから、警備員が二人入ってきた。銃は持っていない。

ペイシェンスは、サリノを手放し、それに応戦した。床に落ちたサリノは、弾んだあと不自然な体勢のまま床を滑り、壁際で止まった。

警備員の一人が壁に叩きつけられる。

もう一名は持ち上げられ、その者の上に投げつけられた。

呻き声を上げたのは、その者たちで、ペィシェンスは黙っている。表情も変わらない。むしろ微笑んでいるように見えた。

アネバネが彼女の背後から飛びつき、首に腕を回す。

ペィシェンスはそれを振り解《ほど》こうとした。

彼女がこちらを向いた。正面に、僕は立っている。

「トランスファだ」ヴォッシュが言った。

「そんなはずはない。ここは絶縁室です」ペランが叫んだ。

僕は、ペィシェンスに前から飛びついた。しかし、彼女の腕で、頭を押さえられる。アネバネが首を絞めているのに、ペィシェンスは苦しそうな顔さえ見せない。

「パティ、聞こえないのか？　やめるんだ」ヴォッシュが怒鳴《どな》った。

「ルータを持っているんじゃないか？」僕は叫んだ。その瞬間、投げ出され、床に倒れた。彼女の足で蹴られそうになったので、慌てて後退した。

ウグイが車椅子で近くへやってきた。

「先生、あそこです」ウグイが指を差す。

「どこ?」

「ベルト」

僕はパティに再び飛びかかる。膝を曲げて、下から蹴り上げられ、後方へ飛ばされた。しかし、すぐに立ち上がって、再挑戦。

ベルトになにか白いものが付いている。四角いものだった。アクセサリィにしては奇妙だ。それに手を伸ばしたが、もうちょっとのところで振り払われてしまった。

ペィシェンスはアネバネを背中に背負ったまま、前屈みになった。アネバネは、それでも離れない。ペランが彼女の足にタックルするも、簡単に蹴り飛ばされた。

それでも、少し苦しくなったのか、ペィシェンスの動きは鈍くなった。アネバネが首を絞めているからだ。

アネバネに首を絞められたまま、ペィシェンスは両膝を折った。後ろへ倒れる。アネバネが下敷きになった格好だが、それでも、彼は腕を緩めない。

僕はそっと近づき、ペィシェンスのベルトに手を伸ばし、その白いものを捥《も》ぎ取《と》った。

それを床に叩きつけたが、弾け飛んだだけだった。

ペィシェンスに変化はない。

「これじゃないのでは?」僕は呟いた。

「それを持って、外へ」ヴォッシュが指を差して叫ぶ。

僕は、四角い小さなものを床から拾い上げ、ドアの方へ走った。そのまま控えスペースを通り抜け、このエリアのドアからも出た。兵士が二人いて、僕を見た。

「どうかしましたか?」

「中で、一人暴《あば》れていて……」

二人の兵士は、中に入っていった。ペィシェンスが銃で撃たれなければ良いが、と心配になったが、とにかく、通路を走り、階段を探した。二フロア上がったところで、窓を見つけ、そこを開けて、持っていた小さなものを外に投げ捨てた。

爆弾を投げたような気分だった。

来た道を歩いて戻る。汗が出て、息が上がっているのがわかった。

地下エリアの入口へ戻ると、兵士二人は既にそこに立っている。

「どうでしたか?」

「もう、収まったようです」兵士はそう答えた。

みんながいる部屋まで戻った。

ペィシェンスは、床に両膝と両手をつき、大きく息をしている。疲れ果てた様子だ。入ってきた僕を見て、姿勢を変え正座の格好になった。

「申し訳ありませんでした、博士」ペィシェンスは頭を下げた。涙を流している。

「ああ、良かった。やっぱり、あれがルータだったんだ」僕は微笑んだ。

壁際にアネバネが立っていたが、こちらを見て小さく頷いた。ウグイとヴォッシュは、僕を見て口許を緩めた。

ペランはハンカチを出して、額を拭《ぬぐ》っていた。この部屋の室温のことを、全員が忘れていたかもしれない。

# 7

ペイシェンスに話を聞くと、午後ホテルへ戻ってからの記憶が曖昧だという。明らかにトランスファの仕業で、彼女の中に入り込み、自身でルータを着けたうえで、ここへ侵入することを目論《もくろ》んでいたのだ。

「ルータはどうやって手に入れたんだ?」ヴォッシュがきいた。

「ホテルの従業員が、通路で渡してくれました」

その従業員もウォーカロンだったのだろう。

「武器を持っていなかったことが幸いだった」ヴォッシュは呟くように言った。少なからず責任を感じている様子だ。

サリノを連れ出そうとしたのは、どうしてなのか。おそらく、敵の目的は、デボラだったのでは。サリノの頭脳に、まだデボラが残っていると考えたのではないか。

もし武器を所持していたら、ここへ入る許可が下りなかっただろう、と思い至った。ウグイもアネバネも武器を持っていなかった。兵士も外にいた。武器を持った者が一人でもいたら、ペィシェンスは撃たれていたはずだ。

アネバネやウグイが、トランスファから攻撃を受けなかったのは、デボラの一部が残っていたからだろうか。ペィシェンスが旧型のウォーカロンで、プロトコルの型式が異なるからなのだろうか。修道僧たちも、旧型のウォーカロンだった可能性が高い。これらは、詳しい分析のレポートを待つしかない。

スタッフとペランが、サリノを診察台の上に戻した。彼女は軽いので、その作業は簡単そうに見えた。床に落ちたとき、どこか骨折したかもしれないが、もう生きていないのだ。

「さて、では、上の部屋へ」ペランが言った。

この部屋の寒さがやっと躰に侵入してきた。僕は汗をかいて戻ってきたから、涼しくて気持ちが良いと感じていたくらいだった。しかし、このままでは風邪《かぜ》をひきそうだ。

「あの……、ちょっとよろしいですか？」白衣のスタッフが小声で呼んだ。

「何だね？」ペランが尋ねる。

「また、観測されています」男はそう言った。

僕は計器に近づき、モニタの波形を見た。

「このグラフィックスのレンジはいくつですか?」

意味が通じなかったようで、男は首を傾げたが、切り換えるツマミを指さした。僕はそれに手をかけて、切り換えてみた。デシベルなので絶対値ではない。アンテナは計器に内蔵されているようだ。サリノからは二メートルほど離れている。

その計器はワゴンにのっていて、小さなキャスタが脚に付いていた。僕は、ワゴンを移動させ、サリノのすぐ横まで寄せた。

波形の振幅は大きくなり、レンジを変えなければならなくなった。

「生きているんじゃないかな」僕は呟いていた。「もう一度、蘇生措置をしてもらえませんか? 体温を上げて……」

スタッフの男は、首を傾げてペランを見た。ペランは頷く。

「わかりました。やってみます。先生方は、あちらへ」ペランは、片手を上に向ける。

その部屋を出て、控えスペースから階段を上がった。ペランがドアを開けて、僕たちを導いた。

殺風景な部屋だが、暖かかった。奥には傾斜したガラス窓がある。そこから下の部屋を見ることができる。既に、スタッフが三人に増えていた。複数の機器をサリノの周りに集めて、準備をしているところだった。

ペランは、スタッフを呼び、僕のために脳波のデータを送るように指示した。そのまえに熱いコーヒーが届き、それを喉に通すことができた。ペイシェンスがスタッフからカップを受け取り、ヴォッシュに運んでいる。みんなが彼女のおかげで、幾つか内出血を作ったのではないだろうか。

この部屋もネットワークが遮断されているので、ペイシェンスは再び暴れるような心配はない。しかし、ここから出ていくことはできないのではないか、と僕は心配していた。トランスファがいつまた彼女に取り憑《つ》くかわからないのだ。

サリノは、透明のカバーに覆われ、ケーブルやチューブが周囲の装置から接続された。スタッフがこちらを見上げ、ペランが頷くと、スイッチが入れられ、スタートした。覗いている窓の上半分に複数のグラフィックスが現れた。

そのうちの一つが脳波だった。五種類の変化が表示されている。僅かに観測された一波は、生体のものか、人工波なのか、あるいは雑音なのか判別がつかないものだったが、僕は、人工波だろうと判断した。ウォーカロンの脳波を僕は何度も観測している。正常な波に重なるように、変調した弱い波が現れることがあって、それをフィルタで処理して取り出すと、ちょうどこんな波形になる。スペクトルも類似している。

五分ほど経過したとき、ペランが僕を見た。無理ではないか、という顔だった。蘇生処置を中止したい、と考えたのだろう。既に数回試したことだ、と彼は言いたい。当然の判断だ。しかし、問題の波形はまだ続いている。雑音がこんなに明確に長く継続するだろうか。生体が発するものでもない。

おそらく、デボラだ、と僕は感じていた。

デボラは、サリノの頭脳回路に取り残されたのだ。そこで、僅かに残った電力を躰中から集めて、あの非常信号を発している。そう考えた。

だが、どうすれば救えるのか。そこがわからない。サリノの頭脳に電極を刺して、給電すれば良いのだろうか。その電圧は？　そんなことをすれば、デボラに致命的なショックを与える可能性が高い。

「あ……」と小さな声を上げたのは、ヴォッシュだった。

僕は脳波を見ていたが、ヴォッシュは、別のものに注目していた。それはサリノの神経系の起電波だった。最初の小さな変化が認められた。

「続けて」ヴォッシュは言った。「そのまま」

蘇生処置は続いていた。そうか、測定に用いられる音波や電磁波が、体内で減衰すれば、僅かずつでもエネルギィ供給になる。もしかして、デボラはそれを吸収しているのではないか。

神経系の起電が強くなりつつあった。さらに五分経過したとき、最初に筋肉が動いた。心臓が一度だけ、収縮したのだ。

「生きているぞ」ヴォッシュが言った。「血流サーボを」

ペランがその指示をした。血圧が徐々に上がり、二十秒後には二度めの心臓収縮が生じた。血管中の酸素が増している。

「信じられない」ペランが呟いた。それから、僕の方を見て、無言で頷いた。

脳波が現れたのは、十五分後だった。その頃には、心臓はゆっくりと鼓動を繰り返し、サーボの力を借りて肺でも酸素交換が行われていた。状態は良くなっている。

おそらく、肉体は蘇生するだろう。ただ、頭脳回路の大部分は再生されない。サリノの人格は失われているはずだ。

下の部屋は慌ただしくなり、サリノの周りに八人のスタッフが集まっていた。肉体が蘇生したため、点滴も開始された。数々の治療が待っている。その順番が話し合われているのだろう。

ペランが指示したため、僕たちは新しいコーヒーを手にした。さきほどのコーヒーは誰もほとんど飲まなかった。とっくに冷めてしまったのだ。

「閉じ込められている、というのは、どういった状況なのかな?」ヴォッシュが僕に尋ねた。デボラに関する仮説を、その表現で伝えたからだ。

「わかりません。デボラの本体が、サリノの中に常駐していたわけではないので、その表現は適切ではないかもしれません。ただ、本体はそもそも一箇所にはないわけです。となると、分散系の連絡というか、統括というか、そういった機能を担うものが、個々でそれぞれに構築されるはずです。それが、次のメディアへ移るときには消去される。誰もその痕跡を見た者はいない。それを見られることは、トランスファには致命的な問題となるからです。しかし、デボラは、なんらかの事情があって、その移動をしなかった。サリノの中に残されたのは、デボラの小さな意志です。具体的には、そこで構築されたごく小さな思考回路だったでしょう」

「何故、本体のデボラが、私たちにアプローチしてこなかったのかね?」

「それは、たぶん、敵のトランスファとまだ戦っていたからではないでしょうか。ベルベットが止まっても、領域はどこにでもあります。場所を変えて、戦いは続いていた。私たちのところへ来なかったのは、ペィシェンスの中にいたトランスファのせいです。来られなかったのです」

「なるほど、筋は通る。しかし、ディテールがさっぱりだ。私にはわからんよ。君の専門に近いのかね?」

「そうでもありません。でも、これはまちがいなくテクノロジィの領域です。それから、ウグイやアネバネの中にも、デボラの残党がいるのだと思います。最初は、プロトコルの違いかと想像していましたが、サリノに残されているくらいですから、その可能性が高い」

「気持ち悪いですね」ウグイが言った。「ウィルスみたいなものですか?」

「そう、まさにそれだ。それが、免疫体のように働くんだ」

「これから、ずっとですか？」ウグイが首を傾げる。

「たぶんね。アネバネもウグイも人間だから、トランスファに完全に制御されるわけではない。一時的なショックを受ける程度だ。しかし、さっき、ペィシェンスとアネバネが格闘しているとき、敵のトランスファはアネバネに攻撃ができなかった。それは、修道院にいたときからずっとデボラが防衛していたからだし、まだそれが有効だったということ」

「サリノの中のデボラと、コミュニケーションを取ることはできないだろうか？」ヴォッシュは言った。「この絶縁エリアの中だけで、ローカル・ネットワークを作れば、デボラは出てこられるかもしれない」

「そうですね。いきなり外に出すのは危険です。相手が狙っているでしょうから」

「それならば、簡単です」ペランが言った。「実は、蘇生装置や治療機器を稼働させるために、別の部屋との通信が必要なので、このエリア内では、ローカル・ネットワークが既に稼働しています」

## 8

サリノの状態は良い方向へ向かっている。心拍はほぼ正常となり、サーボの必要はなくなった。呼吸系だけがまだ機械に頼っている。意識は回復しないものの、脳波は明確に測定されている。

ペランは、重要な会議があるといって、部屋を出ていった。僕たちがこんなに長くいるとは考えていなかったのだろう。

僕とヴォッシュは、ペィシェンスをどうやって外へ出すか、という問題で議論をしていた。少なくとも今の状態では出せない。最も簡単な解決は、彼女をここに残しておく、という選択だ。しばらく、預かってもらう、ということだ。話を聞いていたペィシェンスは、それが良い、自分は迷惑をかけたので、ここの施設で労働してお返しをする、と話した。

「いずれにしても、サリノはまだしばらくここで治療を受ける必要があるのだから、彼女の付き添いでここにいれば良い」ヴォッシュは言った。「それが最も安全だ」

「ネットワークを遮蔽《しゃへい》する、小型の装置を軍部が持っていると思います」ウグイが発言した。「そういったものが存在すると聞きました」

「そんな便利なものがあるのか」僕は感心した。ヘルメットを被ればOKといった手軽なものだったら、話は簡単である。

「とりあえず、パティはここに残りなさい」ヴォッシュが立ち上がった。「みんなで飯を食ってこよう」

時間はまもなく九時になろうとしている。あっという間に時間が過ぎてしまった。

ペィシェンスが立ち上がり、僕のところへ真っ直ぐに歩いてきた。どうしたのだろう、と不思議に思ったら、囁くような発声で、日本語を話した。

「ハギリ博士、私です」

「デボラか?」僕は彼女の顔を見た。ペィシェンスは無表情のまま頷く。「そうか、サリノの中にいたんだね?」

「はい、彼女の躰が回復して、起電されるようになりました。サリノはもう大丈夫です。ただ、記憶は大部分失われているでしょう。脳細胞の損傷のためです」

「どうして、ペィシェンスを守れなかったんだね?」ヴォッシュがきいた。

「ウグイさんとアネバネさんに常駐しているものは、非常に微小です。防衛は比較的簡単です。しかし、そこから他へ移って、制御をする能力はありません。ペィシェンスは、旧型のウォーカロンで、思考回路の約八十パーセントがメカニカルです。攻め込まれる経路が多く、またエネルギィが必要です。防衛しきれませんでした。私はそのときには充分に動けなかったので、演算ができなかったのです。大変申し訳ありません」

「いや、謝る必要はない。君のせいではない」ヴォッシュは手を振った。「良かった、生きていて」

「私は生きているのではありません。したがって、死ぬこともありません」

「存在することを、生きているというのだ、人間はね」ヴォッシュは言った。

「何故、サリノから立ち去らなかった？」僕はデボラに尋ねた。「まさか、あの粘塑性体が電波を通さないわけではないだろう？」

「サリノは、感電したショックで頭脳回路の中枢に損傷を受けました。しかし、私はまだ彼女の躰を制御することができたのです。こういった条件は、トランスファの設計には想定されていません。そのため、立ち去る余裕がないまま、エネルギィが失われました」

「つまり、死んだサリノを操っていたということだね？」

「そうです。いわゆる脳死の状態です。しかし、蘇生は可能だろうと判断しました。感電したのは、電極が離れたためです。そのままでは、ショートが回避され、ベルベットの電源を落とせない結果になります。あの時点で、私の最大の使命は、ベルベットを停止させることでした。そこで、再びショートさせ、目的を遂げることができました。それがわかったのは、電極を押さえている指の感覚です」

「その指は熱で溶けていた」

「はい。しかし、骨は耐えました。溶けた皮膚と脂肪と蒸発した水分のために、必要な断熱性が得られたからです」

「サリノは熱かっただろう」

「いいえ、サリノはもう死んでいました」

「いや、そのまえのことだよ」僕は言った。

「確認していません。ハギリ博士の推論は妥当だと思われます」

「とにかく、その犠牲を払ってまで、ベルベットを停めたかったんだね。それは、君の信念だったのかな？　それとも正義かな？」

「いずれでもありません。私は、それを命じられただけです」

「誰から？」

「わかりません」

「わからない？　それは嘘だ。アミラだろう？」

「アミラを通じて、指令を受けましたが、しかし、誰がアミラにそれをさせたのかは不明です」

「アミラは、自分で考えるんだ」

「自分で考えるという意味が、私には理解できません。それは、発想という意味ですね？それはトランスファには与えられていない能力です」

「アミラは、トランスファではない。人工知能だ。人間と同じように発想する」

「その推論が正しいかどうか、私には判断できません」

「私がききたいのは、ベルベットを停めなかったら、どんな災いがこの社会にもたらされたか、ということだ」

「シミュレーションの結果から導かれた結論ですので、そのレポートは可能です」

「掻《か》い摘《つま》んで言えないの？」

「シミュレーションは多岐にわたり、数々の未来を考察した結果です。複雑ではありませんが、データは膨大になります」

「どれくらい？」

「主たるものを簡単に纏めても、お話しするのに二時間ほどかかります」

「わかった、アミラにレポートを出すように伝えて」

「現在、ネットワークが遮断されているのでできません」

「ああ、そうだった。わかった。私が自分でやる」

「いえ、私を外に出してもらえば、処理します」

「外に出したら、ペィシェンスが……」

「私がいるので、既にその危険はありません」

「ウグイも、アネバネも、守ってくれるんだね？」

「お守りします。私の連絡が途絶えたことで、アミラは、こちらへ援軍を送っているでしょう。回線が回復すれば、敵の勢力を減退させることが可能です」

「楽観的だね」

「いえ、楽観ではありません。ベルベットが停止したため、敵の展開力が二十分の一に減衰しているのです。態勢を立て直すには、およそ百五十時間が最低必要です」

「それなのに、何故、ここへ侵入したの?」

「侵入? あ、はい、ペィシェンスの記録を参照しました。サリノの頭脳回路からコードかプロトコルを取り出すつもりだったようです。しかし、演算が充分に行われていませんでした。無謀なチャレンジでした」

「そうか……。けっこう危ないところだったように思うけれど」

「成功の確率は低く、私ならば実行しません」

## 9

その病院の建物の中にレストランがあった。僕とヴォッシュ、ウグイにアネバネ、それにペィシェンスの五人でテーブルについた。ペィシェンスは食べないが、こういった機会に充電をすることになっている。ウグイは、もう車椅子ではない。感覚が戻ったらしく、立って歩くことができた。まだ身のこなしが彼女らしくないが、それでも僕よりはましかもしれない。既に退院の許可も下りている。

サリノは、今夜は病院で治療を受け、日本からの迎えが来たら、一緒に連れていくことになった。その許可はまだ下りていないけれど、たぶん大丈夫だろう。駄目ならば、日程を遅らせて、フランス観光でもしていれば良い。

ヴォッシュたちも、明日ドイツに戻る。スタッフは予定どおりもう一日、図書室の調査をしたいようだったが、価値に気づいたらしく、フランスのアカデミィが割り込んできた、とヴォッシュは言った。

「彼らのものだ。嫌とはいえない。よくあるケースだ」

「ヨーロッパは一つではないのですね」僕はジョークを言った。

「世界も一つではない」ヴォッシュは言い返す。高齢なのに、まったく思考力は衰えない。素晴らしい。

料理は、古典的なフランス料理で、これはサリノに食べさせてやりたかったな、と僕は思った。彼女は、たぶん、スクールに戻され、このあと普通の人生を送るのだろう。ニュークリアのことも、フランスのことも、すべて忘れてしまうにちがいない。もし記憶の欠片《かけら》が残っていても、夢を見た、と解釈するのがせいぜいだろう。むしろ、忘れた方が良い。ポスト・インストールでまた普通の人生を取り戻せるはずだ。

もともと僕は、ウォーカロンのサリノに対して、識別システムを適用しよう、と考えていた。図らずも、こんな場所で、仮死状態の彼女の脳波を測定することになった。貴重なデータだったので、送ってもらうようにスタッフに依頼してきた。ペランが許可するかどうかはわからないので、入手できるとは限らない。

ヴォッシュは、ペィシェンスが二度とトランスファに占拠されないように、ネット遮断装置を装備しよう、と話していた。技術的には簡単なことだが、効率は悪い。チップを設計し直し、差し替えるのが本質的な解決といえる。古いチップに潜む穴が、侵入を許す元凶だからだ。今後、この問題が大きくなれば、それに対応したチップが広まるだろう。そうなると、トランスファは存在意義を失う。どうするのだろう？

デボラの意見を聞いてみたかったが、彼女は、既にここにはいなかった。

きっと、その程度のことは何十年もまえにシミュレーション済みで、人知れず対策が打たれているにちがいない。また別の穴から、彼らは侵入し、目的を果たすのだろう。幸い、まだ広くその存在が認識されていない。危険があるとしたら、人間がこれを悪事に利用するときだ。

アミラとベルベット、いずれも人工知能と呼べる思考装置だ。今回はアミラが天使で、ベルベットが悪魔ということになったけれど、これは、単にこちらから見た評価にすぎない。そもそも、人工知能は人間のように私腹を肥やすとか、権力を欲しがるといった欲望を持たないはずだ。人間に比べれば、デフォルトが天使寄りなのである。

それは、ウォーカロンでも同じだろう。皆素直で、正直に生きているではないか。

そういった設計をしたのは人間なのだ。人間は、自分たちの至らなさを恥じ、もっと完璧な存在を目指して、コンピュータやウォーカロンを作った。その技術の初心を、忘れてはならないだろう。
そうでもなければ、生命の価値が消えてしまう。
それでは、あまりにも恥ずかしい、と僕は思うのだ。

# エピローグ

サリノは完治したが、やはり記憶は戻らなかった。彼女はスクールへ送り返され、再教育とポスト・インストールを施《ほどこ》されることになった。何故、脱走したのか、といった原因、それにニュークリアに来てからの経緯は、スクールやウォーカロン・メーカにどこまで情報が伝えられたか、僕にはわからない。

また、研究に没頭する日々に戻った。デボラは、あの日以来、僕のところへは現れない。

ヴォッシュは、ペィシェンス用のネット遮断装置を作ったと知らせてきた。彼女が暴れたことが、彼にはショックだっただろう。人間というのは、中身が入れ替わったことがわかっていても、意外にそのメディアに感情移入してしまうものだ。理屈によって瞬時に切り換えられるものではない。それは、好意を持った他者の写真や人形を大事にすることからも明らかだろう。

局長のシモダと話をする機会があったが、今回のことで、情報局にとって最も大きかった成果は、フランス情報局とのやり取りだったという。何があったのか具体的には話してもらえなかったが、つまりは、なんらかの情報交換があって、敵か味方かという判別の評価が僅かに変化した、ということだろう。その程度のものに、一喜一憂する例が、人間社会の一般にも観察される。

僕は入院中のタナカを見舞いにいき、フランスで僕が経験したことを説明した。これは、局長の許可を得ている。タナカは既に内部の人間として認められているのだ。

「トランスファが、人間の中に入れるとは思っていませんでした」とタナカは言った。「かつては考えられなかったことです。でも、そうですね、たしかに人間は機械化している」

タナカも、治療を受けて、これから人工細胞で患部を代替する予定だし、また、研究を続けていくためには、遅かれ早かれ頭脳にメモリィチップを入れることになるだろう。

「躰の外側にあった機械の八割は、いずれ躰の中に取り込まれる、と予言した有名な科学者がいますよ」タナカは言った。

僕はそんな話は知らなかった。八割はオーバだろう、と思った。それ以前に、人間は自分たちと同じ器を作ってしまった。まずは、そちらが技術で満たされる。そのあと自分で試すことになるのかもしれないけれど、そのまえに、人間という器がいらなくなったことに気づくだろう。

「そもそも、この躰というものが、いつまで必要でしょうね」僕は言った。「エネルギィ効率から考えて、すべてをバーチャルにする選択は、けっこう早い段階で訪れる気がします。なにしろ、みんなが歳を重ねて、自分の躰に厭き厭きしてしまうんじゃないですか？　そんな気がしますよ」

「ありえますね」タナカは頷いた。「そのためのシミュレーションを、人工知能はしているのかもしれない。そうなることを予想して、電子空間の整備をしているとも考えられますね」

「整備だったら良いけれど」

僕の新しいテーマの研究は、まだ始まったばかりだが、環境にも研究費にも恵まれているため、これまでにない速度で進みそうな予感がした。もうすぐ、誰かに話せるだろう。それは、ヴォッシュかタナカのどちらか、あるいは両方だ。おそらく、一年後か、二年後だろう。今はそのときが楽しみで、自分に厭きるようなことはまず考えられない。

ただ、それは、僕の躰が実行しているわけではない。僕の頭脳が考えているだけだ。ということは、躰はなくても良い。むしろない方が良いともいえる。コーヒーが飲めなくなるとか、散歩ができなくなるとか、諸々《もろもろ》考えたけれど、バーチャルの世界においても、きっとコーヒーや散歩が存在し、それを体験し、その感覚を楽しむことが可能だろう。であれば、なにも変わりはないではないか。

というよりも、もしかして今既に、世界はバーチャルの中に成り立っているのではないか、と空想することもできる。そう、おそらく、違いはない。

ウォーカロンも夢を見る。コンピュータも空想する。皆、我々と同じレベルまで成長したのだ。それを素直に喜ぶべきだろう。そして、この肉体から離脱したとき、人間は本当に自由になり、彼らとの差もなくなる。それは、もしかして素晴らしいことなのではないか。

そんな世界では、思考するものが、生きていると感じられ、喜びも悲しみも、今と同じように展開するだろう。

ただ、デボラの話では、バーチャルでも争いが起こっているという。僕も、夢で少しだけ体験した。争いは、少し残念なことだが、しかし、原因を辿れば、それを作り出した人間の欲が、彼らに受け継がれ、残っているためだろう。いずれ、それは電子の信号の流れで洗われ、綺麗に消えてしまうのではないか。そんな楽観を僕は抱く。

あまりに楽しく研究に没頭してしまい、睡眠時間が短くなっていることに気づいた。以前よりも、朝早く目覚めるのだ。もう少し躰を休めた方が良いとわかっていても、目が覚めると、今日やることをたちまち考えてしまい、もう眠れない。おかげで、目が痛くなり、肩が凝《こ》るようになった。

散歩をしているとき、その悩みをつい、ウグイに話してしまった。口にしてから、まずかったかな、と後悔したのだが、遅かった。その足で、医療エリアに引っ張られていった。またも、運の悪いことに、カウンタの中に彼女がいた。

「あれ、最近来ないと思ってたら……」医師が立ち上がった。「どうしたの?」

「先生が、仕事の疲れで眠れないとおっしゃったので、お連れしました」ウグイが言った。「目が早く覚めてしまうんだそうです」

「ほう……」医師は顎《あご》を上げた。僕を横目で睨む。

「お薬がないでしょうか。所定の時間眠れるような」

「あるけれど、起きたときに気分が悪くなるわね」医師はウグイに答え、僕を見る。「その話、まえにもしたよね? 覚えてない?」

「覚えています」僕は頷く。「早く目が覚めるのも、やはりストレスでしょうか?」

「まあ、ストレスもあるかもしれないけれど、一番の原因は、あれ」

「あれって、何ですか?」ウグイがきいた。

「歳」

「とし? では、年齢によるものなんですか?」

「そう。知らなかった?」

　僕はもちろん認識していた。

「でも、躰の細胞は新しいわけですから」ウグイが横から言った。

「なにをしたって、歳は取るの。貴女だって、おばあさんになるのよ。いくつなの？」

ウグイは口を尖《とが》らせて黙っている。

「さ、さ、もう、いいから、帰って」医師は手を振った。「もっと酷くなってから来るように」

ウグイは僕の腕を摑んで、通路の方へ引っ張っていく。

「あんな言い方って、ないと思います」彼女は呟いた。怒っているようだ。「よく、あれでカウンセリングが務まりますね」

「ああじゃないと務まらないいんだよ」

「どういう意味ですか？」

「いや、あまり、その、頭に血を上らせていたら、仕事にならない」

「私が頭に血を上らせている、とおっしゃっているのでしょうか？」

「いや、そんなことは言っていない。悪かった、撤回する」

「私は、先生のためを思って……」

「わかっている。うん、落ち着いて」

「落ち着いています」彼女はふっと息を吐《は》いた。

「深呼吸をして、うん。ストレスを溜めないこと。君は、よく眠れる方？」

「わかりません。人と比較したことはないので」

「夢とか見るの？」

「見ますよぉ」

「あ、そう……。夢を見るんだ」

「何をおっしゃりたいのですか？」

「いや、なんでもない。今のは失言だった。撤回する」

「では、失礼します」通路の分岐点まで来たので、彼女は方向を変えた。

しばらく、出かける任務がないので、ウグイにも会えないな、と思った。一週間に二度の散歩だけである。

「じゃあ、また」僕は声をかけたが、ウグイは振り返らない。「ウグイ・マーガリン」

わざと間違えて呼んだのだが、声が届かなかったのか、彼女はそのまま離れていった。

僕は立ち止まったまま、その後ろ姿を見送った。通路は突き当たりで、彼女はこちらをちらりと見て、右へ曲がって姿を消した。

そういえば、髪がまた長くなっているのかな、と残像で気づいた。

壁からウグイの顔が現れた。

彼女は舌を出す。

すぐにその顔を引っ込めた。

一瞬息が止まったが、そのあと笑いながら、僕は自分の研究室の方向へ歩きだした。ウグイも思い切ったことをしたものだ。あそこまで歩く間の彼女の葛藤《かっとう》が偲《しの》ばれる。もう知り合って半年近いのか。二人の間に文化が築かれていることが確認できた。

なるほど、これが人間というものか。

ウォーカロンがああして舌を出すまでに、あと何年かかるだろう。

ヴォッシュは、ウォーカロンが人間になるのに、五十年はかかると言ったことがある。

僕の見積もりでは、ざっと百年といったところか……。

# 森博嗣著作リスト

（二〇一六年十月現在、講談社刊。一部例外を含む）

◎S&Mシリーズ

すべてがFになる／冷たい密室と博士たち／笑わない数学者／詩的私的ジャック／封印再度／幻惑の死と使途／夏のレプリカ／今はもうない／数奇にして模型／有限と微小のパン

◎Vシリーズ

黒猫の三角／人形式モナリザ／月は幽咽のデバイス／夢・出逢い・魔性／魔剣天翔／恋恋蓮歩の演習／六人の超音波科学者／捩れ屋敷の利鈍／朽ちる散る落ちる／赤緑黒白

◎四季シリーズ

四季　春／四季　夏／四季　秋／四季　冬

◎Gシリーズ

φ《ファイ》は壊れたね／θ《シータ》は遊んでくれたよ／τ《タウ》になるまで待って／ε《イプシロン》に誓って／λ《ラムダ》に歯がない

／η《イータ》なのに夢のよう／目薬α《アルファ》で殺菌します／ジグβ《ベータ》は神ですか／キウイγ《ガンマ》は時計仕掛け／χ《カイ》の悲劇

◎Xシリーズ

イナイ×イナイ／キラレ×キラレ／タカイ×タカイ／ムカシ×ムカシ／サイタ×サイタ

◎百年シリーズ

女王の百年密室（新潮文庫刊・講談社文庫 二〇一七年一月刊行予定）／迷宮百年の睡魔（新潮文庫刊・講談社文庫 二〇一七年二月刊行予定）／赤目姫の潮解

◎Wシリーズ

彼女は一人で歩くのか？／魔法の色を知っているか？／風は青海を渡るのか？／デボラ、眠っているのか？（本書）／私たちは生きているのか？（二〇一七年二月刊行予定）

◎短編集

まどろみ消去／地球儀のスライス／今夜はパラシュート博物館へ／虚空の逆マトリクス／レタス・フライ／僕は秋子に借りがある　森博嗣自選短編集／どちらかが魔女　森博

嗣シリーズ短編集

◎シリーズ外の小説

探偵伯爵と僕／銀河不動産の超越／喜嶋先生の静かな世界／実験的経験

◎クリームシリーズ（エッセィ）

つぶやきのクリーム／つぼやきのテリーヌ／つぼねのカトリーヌ／ツンドラモンスーン／つぼみ茸ムース（講談社文庫 二〇一六年十二月刊行予定）

◎その他

森博嗣のミステリィ工作室／100人の森博嗣／アイソパラメトリック／悪戯王子と猫の物語（ささきすばる氏との共著）／悠悠おもちゃライフ／人間は考えるFになる（土屋賢二氏との共著）／君の夢　僕の思考／議論の余地しかない／的を射る言葉／森博嗣の半熟セミナ　博士、質問があります！／DOG&DOLL／TRUCK&TROLL

☆詳しくは、ホームページ「森博嗣の浮遊工作室」を参照
(https://www.ne.jp/asahi/beat/non/mori/)

冒頭および作中各章の引用文は『沈んだ世界』〔J・G・バラード著、峰岸久訳、創元SF文庫〕によりました。

〈著者紹介〉
森 博嗣（もり・ひろし）
工学博士。1996年、『すべてがＦになる』（講談社文庫）で第１回メフィスト賞を受賞しデビュー。怜悧で知的な作風で人気を博する。「Ｓ＆Ｍシリーズ」「Ｖシリーズ」（共に講談社文庫）などのミステリィのほか『スカイ・クロラ』（中公文庫）などのＳＦ作品、エッセィ、新書も多数刊行。

# デボラ、眠《ねむ》っているのか？

Deborah, Are You Sleeping?

2016年10月18日　第１刷発行
2025年３月28日　第３刷発行
定価はカバーに表示してあります

著者……………………森《もり》 博嗣《ひろし》

発行者……………………篠木和久
発行所……………………株式会社 講談社
〒112-8001 東京都文京区音羽2-12-21
編集03-5395-3510
販売03-5395-5817
業務03-5395-3615

KODANSHA

本文データ制作……………講談社デジタル製作
印刷……………………株式会社ＫＰＳプロダクツ
製本……………………株式会社ＫＰＳプロダクツ
カバー印刷……………株式会社新藤慶昌堂
装丁フォーマット…………ムシカゴグラフィクス
本文フォーマット…………next door design



ISBN978-4-06-294037-5　N.D.C.913　276p　15㎝

講談社タイガ

Wシリーズ

森 博嗣

# 魔法の色を知っているか？

What Color is the Magic?

イラスト
引地 渉

チベット、ナクチュ。外界から隔離された特別居住区。ハギリは「人工生体技術に関するシンポジウム」に出席するため、警護のウグイとアネバネと共にチベットを訪れ、その地では今も人間の子供が生まれていることを知る。生殖による人口増加が、限りなくゼロになった今、何故彼らは人を産むことができるのか？

圧倒的な未来ヴィジョンに高揚する、知性が紡ぐ生命の物語。

講談社タイガ

Wシリーズ

森 博嗣

# 風は青海を渡るのか？

The Wind Across Qinghai Lake?

イラスト

引地 渉

聖地。チベット・ナクチュ特区にある神殿の地下、長い眠りについていた試料《スペサミン》の収められた遺跡は、まさに人類の聖地だった。ハギリはヴォッシュらと、調査のためその峻厳《しゅんげん》な地を再訪する。

ウォーカロン・メーカHIXの研究員に招かれた帰り、トラブルに足止めされたハギリは、聖地以外の遺跡の存在を知らされる。

小さな気づきがもたらす未来。知性が掬《すく》い上げる奇跡の物語。

Wシリーズ

森 博嗣

# 私たちは生きているのか？

Are We Under the Biofeedback?

イラスト
引地 渉

富の谷。「行ったが最後、誰も戻ってこない」と言われ、警察も立ち入らない閉ざされた場所。そこにフランスの博覧会から脱走したウォーカロンたちが潜《ひそ》んでいるという情報を得たハギリは、ウグイ、アネバネと共にアフリカ南端にあるその地を訪問した。

富の谷にある巨大な岩を穿《うが》って造られた地下都市で、ハギリらは新しい生のあり方を体験する。知性が提示する実存の物語。

講談社
タイガ

Wシリーズ

森 博嗣

# 青白く輝く月を見たか？

## Did the Moon Shed a Pale Light?

イラスト
引地 渉

オーロラ。北極基地に設置され、基地の閉鎖後、忘れさられたスーパ・コンピュータ。彼女は海底五千メートルで稼働し続けた。データを集積し、思考を重ね、そしていまジレンマに陥っていた。

放置しておけば暴走の可能性もあるとして、オーロラの停止を依頼されるハギリだが、オーロラとは接触することも出来ない。

孤独な人工知能が描く夢とは。知性が涵養《かんよう》する萌芽《ほうが》の物語。

講談社タイガ

Wシリーズ

森 博嗣

# ペガサスの解は虚栄か？

Did Pegasus Answer the Vanity?

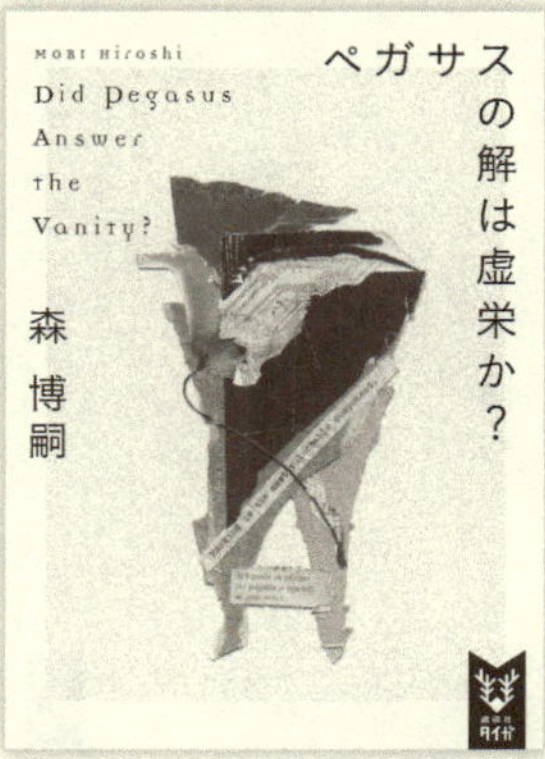


イラスト

引地 渉

クローン。国際法により禁じられている無性生殖による複製人間。研究者のハギリは、ペガサスというスーパ・コンピュータからパリの博覧会から逃亡したウォーカロンには、クローンを産む擬似受胎機能が搭載されていたのではないかという情報を得た。

彼らを捜してインドへ赴《おもむ》いたハギリは、自分の三人めの子供について不審を抱く資産家と出会う。知性が喝破《かっぱ》する虚構の物語。

講談社タイガ

Wシリーズ

森 博嗣

# 天空の矢はどこへ？

Where is the Sky Arrow?

イラスト
引地 渉

カイロ発ホノルル行き。エア・アフリカンの旅客機が、乗員乗客200名を乗せたまま消息を絶った。乗客には、日本唯一のウォーカロン・メーカ、イシカワの社長ほか関係者が多数含まれていた。

時を同じくして、九州のアソにあるイシカワの開発施設が、武力集団に占拠された。膠着《こうちゃく》した事態を打開するため、情報局はウグイ、ハギリらを派遣する。知性が追懐する忘却と回帰の物語。

講談社
タイガ

WWシリーズ

# 森 博嗣

## それでもデミアンは一人なのか？

Still Does Demian Have Only One Brain?

photo
Jeanloup Sieff

楽器職人としてドイツに暮らすグアトの元に金髪で碧眼《へきがん》、長身の男が訪れた。日本の古いカタナを背負い、デミアンと名乗る彼は、グアトに「ロイディ」というロボットを探していると語った。

彼は軍事用に開発された特殊ウォーカロンで、プロジェクトが頓挫《とんざ》した際、廃棄を免《まぬが》れて逃走。ドイツ情報局によって追われる存在だった。知性を持った兵器・デミアンは、何を求めるのか？